방금 육체를 마친 얼굴처럼

송진

**시인의 말**

밤의 계단을 오르며 생각한다

이 세상을 살아가는 건 산송장 같은 일이라고,

보고 듣고 알고

죽은 듯 살아간다

또 하루를 살아간다

안녕, 밤의 빛나는 두 귀!

부기에게 이 시집을 바친다

2022년 1월

송진

# 방금 육체를 마친 얼굴처럼

## 차례

**1부 예감은 쿠키의 맛처럼 제각각이어서**

## 2부 우리는 딴사람이 되곤 한다

## 3부 너에겐 어떤 체육관이 존재할까

# 1부

## 예감은 쿠키의 맛처럼
## 제각각이어서

## 수국과 치자꽃

두 개의 거울이지 커다란 얼굴과 작은 얼굴이 골목의
끝집마다 송아지와 낙타의 혹처럼 서 있지 미래의 조달
청이라고 우리는 운을 떼며 조청을 그리워한 것처럼 바
다에 들러붙었지 그렇다 치자 밑줄 그은 심장이 바다에
풍덩! 헤어지지 못할 거라는 예감은 쿠키의 맛처럼 제각
각이어서 젖은 하늘빛 린넨 셔츠가 마르기 전에 서둘러
육체를 마쳤다 치자의 끝말은 치자리 수국의 끝말은 수
구리 짙어진 하늘과 옅어진 등대 사이에서 면과 읍과 리
를 그리워한 거지 사라진 희뿌연 낮달은 시계 반대 방향
으로 보랏빛 비를 뿌렸지 다가오는 달빛은 인간의 뜨거
운 손끝에 누런 화상의 자국마저 길가에 버려진 치자꽃
의 리, 그렇다 치자 아니라고 치자 수국은 태양처럼 크고
둥글었지 방금 육체를 마친 얼굴처럼

# 옥수수

나는

너를

캣츠아이라고 불렀다

어마어마한 눈동자에 기가 죽었다

밤에도 이마에 불을 켜고 사는 너

어마어마한 슬픔에 기가 죽었다

나의 슬픔은 슬픔이 아니라고

내가 나를 위로했다

그럴 가치가 나에게 충분하다고 생각했다

그렇다고 죽고 싶은 생각이 들지 않는 건 아니었다

드문드문 찾아드는 올가미…

더듬더듬 잠결에 더듬거리는 올가미…

죽음보다 커다란 비행접시 같은 흑점의 바퀴벌레가 더
무서웠다

이상도 하지…

인간이 사는 방식이란 꿀잼 같다가도 유리의 파편 형식

기이한 여름 동굴을 찾아 목젖 끝까지 걸어 들어갔다

축축하게 젖은 운동화와 습한 공기

죽은 고양이들이 살고 있었다

인애는 인내의 안내도 없이 순백의 뇌를 파먹었다

# 입하立夏

창틀에 애틋한 초록이 앉아 있었다

초록아
초록아

계단을 디딜 때마다 은은한 햇살이 한 켜 한 켜 쌓아
올린 금빛 나방이 앉아 있기도 했다

나방아
나방아

누구도 원망하지 않은 시간이 오래 흘러갔다

그 시간이 영원이라는 새라도 타투 새길 듯

자전거 체인이 찌르륵 찌르륵

다가올 잣나무의 미래를 불렀다

청록빛 체크무늬 스카프에 사람의 냄새가 스며들었다

깊이

아주 깊이

오월의 벚나무 잎은 바람에 자주 뒤집혀 허연 배를 드
러내곤 했다

어제는 천둥이 치고 번개가 번쩍였는데…

아주 오래된 일처럼 잊고 살았다

개들은 새로 온 애견미용사에게 맡겨졌다

능숙한 미용사지요

G동물병원 원장의 칭찬이 이어졌으나 개들은 부정이

라도 하듯 멍멍 사납게 짖었다

창가에는 솜사탕 같은 눈이 내리고 있었다

어머 무정리는 눈이 귀한 곳인데…

급히 투명문을 통과해 나갔는데

이미 눈은 장례식처럼 끝난 후였다

아쉽지만 아쉽지 않았다

살아생전, 바다의 끝물이었다

털왕관 쓴 개들을 안고 집으로 돌아가는데

현관 방충망이 또 스르르 저절로 열리고…

# 석류와 석유의 오묘한 뜻
—N명의 이불

곧 석류가 핍니다. 곧 석유가 핍니다. 석류는 꽃과 열매로 자신의 모습을 인간에게 나타내 보이고 석유는 활활 타오르는 모습으로 인간에게 나타내 보입니다. 그러나 그것만이 다는 아니겠지요. 우리가 바닷가에서 허리를 서쪽의 부드러운 모래 쪽으로 기울이고 저녁 석양에 살짝 왼쪽 뺨이 보랏빛으로 물들고 오른쪽 손가락이 조개껍질에 닿아 조개껍질이 움찔하는 순간 석류는 좀 더 가까이 우리의 귓전에 아름다운 항아리 주름치마 같은 주황빛 꽃을 피울지도 모릅니다. 석유는 또 어떠한가요. 몽상가 중에 몽상가이지요. 어릴 적 깊은 홍수가 방 한가운데를 쓸고 지나간 뒤 초록 눈동자의 어머니가 석유난로에 끓여 주던 하얀 쌀밥. 보글보글 석유의 붉고 푸른 눈, 방 한가운데 군침 흘리는 흰 토끼들의 눈망울, 석유는 본래 있는 그대로, 그러면서도 새로운 빛의 눈동자가 되어 물방울 맺힌 필통을 고이고이 책 사이에 넣어 둔 책갈피처럼 말려 주었지요. 또 신혼살림은 어떠한가요. 석유난로 하나로 시작한 살림이 있고 밥그릇 두 개, 숟가락 두 개로 시작한 살림이 있습니다. 무명이불은 하나. 무명의 이불이 달랑, 하나인 까닭은 우리의 봄볕 같은 체온 덕분이겠지요. 우리의 체온은 꽃눈처럼 달달하고 꽃가루처럼 매콤하고 수술과 암술처럼 활력과 매력이 넘칩니다. 우리가 흘리는 눈물에 별의 체온이 있고 우리가 삼키는 침에 달의 체온이 있고 우리가 흘리는 땀에 태양의 체온이 있지요. 설익은 석류와 석유 사이, 무르익은 산딸기와 스페인 의자 사이, 설익지도 무르익지도 않은 와인과 바그너 사이사이사이⋯⋯ 서 있거나 앉아 있거나 누워 있거나 만행을 하는 발견의 발정.

# 소설小雪

　에게 해에 첫눈이 내렸다(내렸는지 안 내렸는지 모르
겠지만)((안 내렸을 확률이 더 높지만)) 에게 해에 첫눈이
내렸다라고 첫 문장을 썼다 왠지 그래야 할 것 같아서 왠
지 그러고 싶어서 왠지 그래야 할 것 같다는 느낌이 들어
서 꽁꽁 언 손가락은 지독하게 말을 듣지 않고 사타구니
사이에 푹 뜨거운 머그잔을 집어넣었다 좀 낫다 오른쪽
왼쪽 허벅지로 뜨거운 물의 체온을 이어받은 잔의 체온
이 물결처럼 번지면서 입안에 하루견과를 (하마터면 한
우견과라고 쓸 뻔했다 하마터면을 하이마트라고 쓸 뻔
했다) 가득 털어 넣는가(가득 털어 넣는다) 뭐 하나라도
예측된 게 없다 예측되었다면 그건 거짓이다 더러운 입
냄새조차도 (그렇다면 더러운 입 냄새를 피할 수 있었을
것이다) 인간을 너무 믿은 까닭이라고 변명하지 않겠다
아슬아슬하게 줄타기하는 기분을 즐겼다고도 쓰지 않
겠다 (이미 쓰고 있다) 너는 무엇인가 고무줄로 만든 인
간인가 널빤지로 만든 공인가 못으로 이은 실타래인가
아무것도 아니라면 너는 무엇인가 나는 무엇인가 인간
세종이라고 한다고 해서 우리가 훈민정음을 만들었는

가 덕의 정치를 펼쳤는가 등 뒤에는 지옥불이 타오른다
우·우·우·우·우·우·우·우 웅성거리는 민중의 지팡이 나오는
대로 썼다 나오는 대로 말했다 그래서 뭐 잘못됐나?

# 분자 요리

대전역에 내린 우리들은 포장마차에서 파는 떡가래를 손에 들고 시장을 한 바퀴 돌기 시작했다 뜨거운 떡가래를 베어 먹으며 횡단보도에서 신호등을 기다리고 있는데 목울대가 울컥했다 왜 목울대야, 뭐가 생각이 난거니? 그래 뭔가 생각이 나긴 했어 그저 생각을 없애 버리고 싶을 뿐이지 기억을 담당하는 해마가 말했다 파란 신호등이다 일행들과 낄낄거리며 흰 봉투 속의 껍질 깐 알밤을 먹는다 캑캑 하늘에 우주선이 떴다 낮달이다 저긴 여인숙 골목인가 봐 파초 여인숙 감나무 여인숙 모과 여인숙…… 하필 지금 이때 너의 이명이 들려왔다 엄마는 창녀였다 엄마는 밤마다 남자를 받았다 엄마는 밤마다 아래를 울부짖었다 업을 없애기 위해 굿을 하고 부적을 발랐다는 옆집 우물집… 연탄불에 탄 흰 떡가래의 검은 흉터… 손바닥에 탄 흔적을 없애기 위해 우린 탄소물휴지를 꺼냈다 오늘 프랑스 회화에 분자요리 나왔어 정말? 일행들은 '분'이라는 삼키는 발음보다 '프' 라는 내뱉는 발음에 더 관심을 보이는 듯했다 수박거품요거트달팽이요리, 참외아이스크림원숭이골페퍼민트티 다양한 요리들이 선보였다는 얘기가 끝나자 신호등의 굽은 등이 붉은빛 분자로 바뀌었다 역전 시장 배꼽버섯할머니 머릿속에서 해마랑 놀고 있던 파랑나비들은 다 어디로 갔어 지나가던 일본 순사가 물었다 우린 '분'이라는 발음을 삼키며 '프'라는 발음을 내뱉았다 영하의 온도 배추흰나비를 앞에 두고 검정빛나비니 올리브빛나비니 참 많은 말을 돼지감자 껍질처럼 내뱉었다 고드름처럼 희멀건 아스팔트에 납작하게 깔린 비둘기 날갯죽지가 굵은 선의 맵시를 살리며 훨훨 날아오르고 있다 하반신이 떨어져 나간 새들이 결코 울지 않았다 그건 살아 있는 이유이기도 했다

# 에그노그eggnog

곧 크리스마스잖아요 다 같이 에그노그를 만들어 보기로 해요 계란 흰자위를 손목 바닥까지 쳐서 끌어 올리는 휘핑 거품기로 젓기로 해요 염소 소리가 메헤헤~~ 날 때까지 그다음 우유와 바닐라 향을 염소 주둥이에 부어요 진주알이 마룻바닥에 천천히 쏟아지는 기분으로 시나몬 가루도 약간, 팁을 얹어 주는 기분으로, 럼도 좋아요 브랜디도 좋아요 가루설탕이 없어요 그럼 백골로 만든 마름모꼴 각설탕을 풍덩! 아주 풍부해요 공개처형을 지휘하는 노른자위의 잔인한 웃음처럼 계란 구덩이마다 시체가 가득해요 넘치는 거품처럼, 눈동자 흰자위가 돌아가요 노른자위는 왕관의 가운데 박혀 있어요 노란 등불이 까만 피아노의 반짝이는 윤택을 행하고 있어요 황금색으로 덧칠한 속눈썹이 지겹도록 반짝이고 있죠 연말의 연주장에 연이어 나타나는 두세 명의 조율사처럼 그들은 백건우가 연주하는 라벨의 곡을 듣지도 보지도 않아요 그저 습기와 건기와 레슬링을 하고 있을 뿐이죠 텅 빈 이마 같은 시간의 숲을 걷고 있죠 손가락 하나로 공중의 눈사태를 더 위로 더 위로 더 위로 튕기고 있

죠 이런 이런 이런⋯ 오늘도⋯ 또⋯ 역시⋯ 할 말이 없네
요⋯ 또 백골 하나⋯ 또 정강이뼈 하나⋯ 또⋯ 등골 휘어
진 비녀 하나⋯ 누런 무명실에 칭칭 매여 달빛이 스며드
는 매화잔등처럼 부드러운 풀을 쑤어 거친 손이 쑥쑥 바
른 창호지에 문고리가 당겨 주는 당찬 기운에 한번 빠져
보지도 못하고 묻힌 유치들⋯ 거세된 닭이 우우우⋯ 눈
에 젖은 나뭇잎처럼 울어요 거세된 딸이 꼬꼬댁 거세된
엄마가 꼬꼬댁 웃어요 흰옷의 흰 고름의 흰 피가 번져 나
간 이 길로 봉두난발 사내가 휘청휘청 새벽의 입김처럼
끌려 나가고 손가락 사이 비녀 흘러내린 새댁 껍질 벗겨
진 닭처럼 끌려 나가고 피투성이 아가⋯ 아가⋯ 아가⋯
아가⋯ 아장아장 걸어 나가고⋯ 꼬꼬댁 꼬꼬⋯ 계란이
쏟아지고⋯ 늑골이 쏟아지고⋯ 정강이가 쏟아지고⋯
아, 아, 억, 억, 함박눈이 내리잖아요 메리 크리스마스! 길
은 길을 먹으며 살아갑니다 기차에서 먹은 계란이 아
니더라도 늘 가슴은 먹먹하지요 창밖에 날리는 눈발은
2049년 '피투성이 달거리 갤러리' 벽에 전시될 달걀귀신
기적 소리랍니다 이 시는 겹겹이 이루어진 얼음 같은 손

가락 열두 개가 일회용 투명비닐장갑을 끼고 피아니스트 백건우 라벨의 곡을 들으며 단숨에 써 내려가다가 중간에 약간 버벅거리다가 써 내려간 글입니다. 이 글을 마친 시간은 2018년 12월 14일 오전 10시 38분 32초 4의 4의 4의 5의 5의 5의 사분의 일의 삼분의 사의 육분의 이의 구분의 팔입니다. 에그가 아기의 입술을 노크합니다

# 트란스라피드*
—바다로 가는 은밀함의 언어들의 흔적들

사실 너를 타려고 한 건 아니었지 해가 뜨는 동쪽으로 가려고 했던 것뿐이야 온몸에 붕대를 칭칭 감고 삐거덕거리며 제대로 걷지도 못했지 사실 미라처럼 누워 있어야 했어 천장을 오래 바라보았던 눈동자는 회색빛 문장으로 은밀하게 빛났고 총을 맞은 관자놀이는 그저 행복으로 흥거웠어 부상열차를 타고 부상을 당한 채 부상을 찾아가는 중이었어 해가 뜨는 동쪽 바다 속에 있다고 하는 상상의 나무 말이야 부상당한 그 나무의 이름이 부상이라니 기가 막혔어 시퍼런 (때로는 신비롭게) 시뻘건 피를 철철 흘리며 이 말이 와닿기나 하니 하긴 총을 맞아 봤어야 말이지 (맞아 봤었지) 두개골이 산산조각 나는 이, 느낌조차 없는 이, 느낌 무거운 철군화도 철모도 철의 장막도 한순간에 하얗게 거두어지는 시뻘건 (때로는 신비롭게) 시퍼런 피의 검은 진실 속에 숨어 사는 작은 병정의 수류탄 속의 어긋난 발의 길이 같은 깃발들의 어룩, 왕은 거룩했고 신하는 충직했지 왕은 충만했고 신하는 기록했지 철조망은 기록의 활자들 녹슬고 부서지고 하나하나 노트에 붙여 나가지 손가락은 온통 피로 물들고 이빨은 응고되고 그렇게 파상풍이 부상하고 편서풍의 닻은 내렸지 사실 너를 타려고 했던 거 맞아 그렇게라도 살아남아야 했니 (응 그렇게라도 살아남아야 했어) 모차르트도 베토벤도 사실 그렇고 그렇게 살아남았어 아버지의 폭력을 미워하며 미화하며 미화원처럼 버텨 나갔지 이 거룩한 철갑을 두른 이 맷집은 그때 생긴 절정의 계보학이지 누구를 죽이고 싶도록 미워해 본 적이 있니 (당근 있지) 총을 맞은 관자놀이에서 뿜어져 나오던 주황빛 피가 점 점 줄어들고 있어… 아… 아… 아… 하아… 하악… 점… 점… 온몸이 부상하고 있어… 히이… 히이… 딸꾹… 달 꾹… 저어기… 저기 내가 보여…

<br>

*transrapid, 독일자기부상열차

** 배경음악: 리히터가 연주하는 라벨의 거울 중 '어릿광대의 아침 노래'(Richter plays Ravel Alborada del gracioso)

# 무문관
—어제의 시 18


　알프스에서 온 문이라고 했다 그래서 나는 알프스에서 뜨는 달이 따로 있는 줄 알았다 그는 moon이 아니고 알프스에서 온 물이라고 했다 거기에다 다람쥐까지 첨가해서 아주 몸에 좋은 물이라고 했다 다람쥐의 귀여운 짧은 갈색 털과 먹으로 그린 듯한 검은 줄무늬가 떠올랐다 오늘은 문틀과 문지방을 실어 날랐다 요도가 뻐근했다 무거운 것을 들지 말라는 의사의 진단확인서가 없었으므로 그저 마음이 시키는 대로 했다 그랬더니 얼씨구나 병균이 삽시간에 방광에 들어찬 것이다 질이 가까이 있어 씻는 것이 늘 문제였다 요즘은 내성이 생기지 않는 약이 잘 팔렸다 내일 새벽은 칸영화제 황금종려상이 발표되는 날이라 살짝 긴장이 되었다 기생충과 피자는 잘 어울리는 한 판이다 알라딘 서점에서 윤정이는 젊은 베르테르의 슬픔을 구입했다(4900) 나는 무문관(4900)과 해탈의 길(3700)과 종이봉투(100)를 구입했다 영수증은 꼭꼭 받아 가방 깊숙이 넣었다 긴 팔이 더 길어진 듯했다 영화의전당 야외상영장에서 잿빛투성이인 수백 개의 빈 의자와 쉬어 가기로 했다 윤정이는 길 건너 스타벅스에 가서 아이스커피를 가져오는 수고를 아끼지 않았다 인종차별 운운 변기 사건 운운 현금 없는 매장 운영 운운 스타벅스 욕하면서 마신다 아이스커피 맛있네 하면서 스타벅스 전용 카드를 지갑 속에 꼭꼭 챙긴다 긴 다리를 허우적거리며 꼭꼭 숨지 마라 머리카락 어차피 안 보인다 외다리 자전거를 타던 아이들이 숨바꼭질 놀이를 했다 문을 여니 문이 보였다 희미하긴 했지만 그 문이 틀림없었다 배에서 꼬르르 소리가 줄기차게 들렸다 새벽이 될 때까지 줄기차게 건강한 세포에게 날아가 보리라 마음먹었다 뿌리 뽑힌 전봇대처럼 길게 누워 소변을 보았다 새벽은 되었지만 마음은커녕 미음도 제대로 챙겨 먹지 못했다 저어기 동쪽에서 사다리차가 달려오고 헬멧을 쓴 부처들이 나타났다 노란 차들이 인도로 돌진하는 바람에 말 못 할 일들이 벌어졌다 슬픔과 기쁨은 동지와 하지처럼 크로스 되었다 쓰레기 정리하는 직원이 나타났다 누군가 잿빛 빈 의자 위에 제비빛 보온병을 두고 갔다 그리고 곧 샤프하게 야윈 달이 우리를 어디론가 실어 날랐다 새벽에 칸의 낭보가 전해졌다 서로 의지해 살던 분홍돼지가 춤을 추었다 봉준호가 오른 팔을 불끈 쥐

고 칸의 하늘을 마구 마구 흔들며 활짝 웃었다 마구니가
웃고 마구간이 흔들렸다 심해처럼 검푸른 슈트 검푸른
퍼머넌트가 잘 어울리는 봉준호 감독이었다

# 진달래꽃 나라
—어제의 시 21

잇속마다 현란한 손짓 시작된다 울퉁불퉁한 괴물 앞
가로막는다 그러다 안아서 번쩍 높이 든다 길 비켜 준다
웅퉁붕퉁한 등불 시작된다 이 애는 왜 이렇게 생겼나요
질문 쏟아진다 저렇게 되지는 말아야 해 닮지 말아야 해
성관계는 괴물처럼 해도 애는 괴물이 되지 않아 텔레비
전마다 미끈한 하늘의 총수들이 등장해 우리는 괴물이
되지 말자 말한 사람이 더 괴물이 되고 괴물의 아이를 낳
고 괴물의 아이들은 자라 진달래꽃 나라에 세금을 낸다
고무신은 고무신에게 누가 누구를 먹여 살리는가 따진
다 따진다 따지고 든다 든다 든다 든다 따지고 다지고 땅
을 다지고 다지고 그러다 보면 미군의 파란 눈 보이지 않
고 오염된 땅들 오가는 인간들의 발길질 둘러싸여 콜록
콜록 피 토하고 펑펑 하얀 눈 내릴, 내리지 않을, 낌새조
차 없는,

* 배경음악: 백건우 피아니스트가 연주하는 프란츠 리스트의 〈메
피스토 왈츠〉 제1번 작품번호 514 '마을 선술집에서의 무도'

# 서면로터리 꽃밭에서

소룡아, 뭐해 굴삭기가 다가오는데 검은 튤립은 이미
시들었어 노란 껌은 팔리지 않아 지그재그 갈라지지 파
란 껌은 이미 보이지 않아 높이 높이 날아갔지 목발을 짚
고 소룡아, 뭐 해 목발을 짚고 진아 뭐 해 가끔씩 내가 나
를 불러 봐 지하의 시계방은 시간이 많아 억울하게 죽은
누이동생도 다시 불러올 수 있을까 억울하게 죽은 엄마
도 다시 불러올 수 있을까 억울하게 죽은 오빠도 다시 불
러올 수 있을까 이 죽음의 시점들 형제복지원 속에 복지
가 있었다면 얼마나 좋았을까 우리가 만들까 복지국가
우린 할 수 있을지도 몰라 지하의 지장보살도 도와준다
는데 그래 그래 어쩌면 가능할지도 그래 그래 어쩌면 가
능할 거야 그래 그래 가능해 ㅎㅎ 왜 ㅎㅎ가 GG일까 GG
가 왜 GOGO로 느껴지는 걸까 소룡아, 나 진담이 뜨거
워 진아, 나 간담이 서늘해 오늘도 껌을 팔고 웃음을 판
다 바가지 씌운 웃음들과 찢어진 옷가지 난무한 장미꽃
로터리에 투명 삼각형 곡예 서커스 행진곡들이 깃발처
럼 울려 퍼진다 추석인가 그렇다 팔월한가위인가 그렇
다 송편인가 그렇다 죽음인가 그렇다 삶인가 그렇다 죽

음도 아니고 삶도 아닌가 그렇다 음악인가 그렇다 꽃인가 그렇다 영화인가 그렇다 뭐든지 그렇다이군 그렇다 그렇다라고 말하지 않을 수 없나 자네 그렇다 죽을 때까지? 그렇다 이미 죽었으니까. 그렇다 뭐가 아쉬운가 자네 그렇다 그렇다 그렇다 그렇다 지겹지도 않나 그렇다 그렇군… 그렇다 그래… 쩝쩝… 그렇다 알았네… 그렇다 초대형 분쇄기로도 부술 수 없는 꽃과 바람과 과일의 향기들

# 여기 낭만이 조금 남아 있어요

● 눈동자

거리마다 꽃들의 눈동자 운구의 행렬 슬픔은 지치지 않아요 오늘 밤 검은 관으로 걸어와 내 곁에서 잠들겠지요 어루만지며 어루만지며 이마이며 숨결이든 귀하지 않은 것이 없네요 그러나 그것은 펑 하고 사라지는 송진 웹툰 속의 도마뱀 꼬리를 먹어 치우는 광인의 눈동자 오래전 선과 악은 이미 지나갔어요 거리의 현수막에 누구가 누구를 반대하고 여름의 화원에 누구가 누구를 분양하고 그건 이미 지나간 과거들의 인정스런 입막음 기다리고 기다리면 같은 자리네 ㅎ 또 꽃이 피네 ㅋ 봄은 약속을 잘 지키는 바보 멍텅구리 천사의 반발 회벽칠 눈동자마다 숨결의 송곳니 대롱대롱 지는 일 없이 지고 피는 일 없이 피어요

●● 코

그가 면도날로 베어 버린 내 코를 내가 다시 주워 붙여요 꼭 맞지 않군요 그러면 어떤가요 나에게 일어난 일인걸요 숨 쉴 수 있는지 테스트를 해요 하나 둘 셋 피비린내가 맡아지지 않아요 그러면 어떤가요 나에게 일어난 일인걸요 분위기 있는 봄의 카페마다 사람들이 검은 마스크를 하고 떨어져 앉아 있어요 그러면 어떤가요 나에게 일어난 일인걸요 그가 달려와 매발톱꽃 전시회를 위해 해골을 예약해요 그러면 어떤가요 나에게 일어난 일인걸요 스님을 찾아가니 옆방의 스님 불러 물 한 방울 주지 말고 내쫓으래요 그러면 어떤가요 나에게 일어난 일인걸요 꽃의 코들이 콧방귀를 뀌어요 그러면 어떤가요 나에게 일어난 일인걸요 한 겹의 코보다 두 겹의 코가 깨물기 힘들었어요 두 겹의 코보다 세 겹의 코가 깨물기 힘들었어요 그러면 어떤가요 나에게 일어난 일인걸요 그래도 한 겹은 한 겹이고 두 겹은 두 겹인걸요 인견 두꺼비가 사방에 누워 있어요 에헴 또 그러면 또 어떤가요

### ••• 입

생강에 설탕 조림 먹어 볼래요 달콤 찐득 언덕배기가 보여요 목젖이 보여요 죽어도 죽지 않을 적절함이 보여요 오줌을 참아 가며 똥을 참아 가며 욕을 참아 가며 쓴 시간의 흉터들 (이때 개가 컹 짖어요) 아몬드와 잣의 결합체들 (또 개가 컹컹 짖어) 드세요 먹어요 마구 처먹어요 어디에요 입안에요 항문에요 봄의 구멍마다요 (개가 또 컹컹컹 짖어요) 검은 바퀴들이 날을 세우고 날다람쥐를 밟아요 (다 까닭이 있겠지요) 지남철이 못을 끌어당겨요 (다 까닭이 있겠지요) 못이 목을 꺾어요 (다 까닭이 있겠지요) 개들이 봄의 구멍을 낱낱이 핥고 있어요

### •••• 목

상수리나무는 상수리나무를 절개해요 쇄골을 꺼내요 창자를 꺼내요 아가미 없는 혼령을 꺼내요 호명을 해요 강을 건너다 죽은 자 죽은 자가 죽은 자를 끌고 가다

가 죽은 자 아가미를 먹다가 죽은 자 아가미를 만들다가 죽은 자 아가미를 꿰매다가 죽은 자 이 목의 오렌지인 자 저 목의 자두인 자 고 목의 된장인 자 목 안에는 목이 얼마나 많은지 거머리 같아요 짬새 같아요 목의 자유를 위하여 횃불을 높이 들어요 (ㅋㅋ) 누가 거두절미하고 혀의 움직임을 보장해 주나요 (ㅋㅋㅋ) 누가 하반신으로 상반신을 인정해 주나요(고~요) 침과 요속에 당분이 달달하게 녹아 있어요 (다시 ㅋㅋㅋ) 단것은 달다 하고 쓴것은 쓰다 해요 목이 그렇게 말해요 눈물 아래 수억만 개의 목을 절개 당한 목이 말이에요 쇠스랑 목소리가 쇠스랑 목소리를 싹쓸이해요

# 외국어 채널

S시인은 시계처럼 정확한 사람 6시에 화분에 물을 주고 7시에 볶음밥을 만들지 씨앗을 몇 개 솔솔 뿌리면 비가 오기 시작하지 일본어를 잘하는 밍고가 태양예배요가를 하기 위해 꿰맨 타월 한 장 허리에 두르고 바닷가로 나가지 밖은 암흑천지 총알이 비 오듯 퍼붓는데 밍고가 일본어를 잘해서 총알을 피할 수 있을지 걱정이 청담동 입시학원 신문광고처럼 대문짝만 하지 밍고 앞에서는 모든 총알의 외향적 강함은 절대적 부드러운 초콜릿으로 변하지 문제는 총알의 순도와 회전 속도 밍고가 폐를 파고드는 속도의 화력을 견딜 수 있을지 견딤의 심장에 소금으로 쓴 시 한 편 새겨 줄까 그런 생각조차 또 다른 폭력일까 싶어 시의 씨앗을 키우다 상한 내 부리를 먼저 꿰맨다 나에게 가하는 가혹행위를 멈추게 해 주는 건 중세요리의 비법서를 뒤적이는 일 동백수프를 저으면 달콤한 캔디들이 혹한의 나무에 열렸다 얼었다 녹았다 이제 톡의 나라는 사라질 거야 수프 나라 사슴들이 깨닫기 시작했거든 아기 사슴의 분홍 목소리에서 어른 사슴의 붉은 귀로 전달되는 언어의 웅웅거림의 여운이 사슴동백

요리나라의 어깨를 따스하게 감싸 안는다는 것을 직관력은 또 다른 직관력을 잘도 불러내지 그게 무엇이든 내버려 둬 옳다고 우기지 않았으면 좋겠어 (비겁한 눈물은 왜 흐르기 시작하는 거야) 언어의 물기가 우기가 되기 십상이지 우기가 우기는 순간 침대는 삐걱거리고 함박눈처럼 하얀 수건들은 서랍 밖을 나치의 부츠처럼 돌아다니지 하루 종일 프라이팬과 어린 새싹을 볶아대던 유리창들이 갑자기 목소리를 낮추기 시작했어 ♡함박눈이 펑펑 내려♡ 스페인어로 얘기해 주세요 플리즈 S시인은 출렁이는 물처럼 유연한 날개를 가진 새 겨드랑이 근육에서 아름다운 ROCK음악이 흘러나오지 드러머의 뚜껑 열린 뇌 속에서 흘러나오는 한 주먹의 자유의 리듬 자유는 시계처럼 정확하지

# 2부

우리는 딴사람이 되곤 한다

# 비건 채식주의

―첫눈 2019.12.7 4:31p.m.


　　숙대입구 게스트 하우스 앞에서 첫눈을 맞이했지 멀리 남산타워도 흰 눈에 뒤덮이고 편의점에서 비건 채식주의 콩 불고기를 바질페스트 소스에 흥건하게 적셔 먹었네 편의점 플라스틱 의자 앞다리는 쓰다 버린 빗자루처럼 야위어서 안쓰러워 무게를 지탱하는 뒷다리가 덫에 걸린 반달곰 새끼처럼 슬퍼 잠시 앉았다 잠시 일어날 때 휘리릭 검은 새 떼가 유리창에 온몸을 던지네 먹다 남은 단호박 맛탕 소스가 빨간 소쿠리 속으로 빨려 들어가고 휴대폰이 땅속으로 두더지처럼 땅굴을 파네 어디로 갈까 어디로 가야 하나 첫눈은 내리고 첫눈은 내리고 나는 삼각지 버스정류소에서 목마른 침을 삼키며 세상의 소속을 뒤지네 아, 달고나 아, 쓰고나

## 소쉬르를 사랑하다

그가 소쉬르에게 관심을 갖게 된 것은 우연이었다 오년 전 여름 7월 23일 대서大暑 뙤약볕 아래 동료들과 맨홀 공사를 마치고 숙소로 돌아와 잠이 들었는데 꿈에 키우던 개들이 줄줄이 사탕처럼 나타나 대가리를 그의 입안에 들이박고 목젖을 뜯어 먹는 것이었다 그는 소리를 지르고 발버둥을 쳤지만 온몸은 피투성이가 되고 곧 축 늘어져 시체가 되는 꿈이었다 꿈에서 깬 그의 이마는 땀투성이였다 피를 보고 시체를 보았으니 길조 쪽으로 마음을 돌리려고 애썼지만 마음 구석 한가운데는 별안간 연기가 모락모락 피어오르는 듯했다 휴대폰이 울렸다 박군이라고 떴다 박 군은 그가 어렸을 때 아버지가 데려온 고아다 동네 사람들은 아버지 아들이라고 수군거렸다 여보세요? 그런데 그의 목소리가 밖으로 나오지 않았다 여보세요? 목소리가 밖으로 나오지 않는다 여보세요? 목소리를 잃은 사람이 된 사실이 점점 명확해져 갈 무렵 비가 내리고 닭들이 무더기로 푸른 트럭에 목소리가 실린 채 사라졌다 그가 자신의 목을 자신의 손등에 등나무처럼 휘어 감고 소쉬르의 집을 찾아갔을 때 소쉬르의 서

랍 속에는 메모가 한 장 달랑 놓여 있었다 '어서 목소리
를 찾아 나에게 오게'

* 배경음악: 미샤 마이스키(Mischa Maisky)의 첼로 연주곡 '청산에
살리라'

# 명가

어김없이 그의 방 피아노 위에는 앵무새가 앉아 있었다 양파와 쥐들은 앵무새가 말하는 것을 한 번도 본 적 없다고 눈짓을 했고 나는 그런 말뜻을 곧잘 알아듣는 다리 없는 말이었다 그 방을 드나들던 이발사는 앵무새가 곧 이 집을 떠나게 될 것이라고 앵무새처럼 떠들었으나 그 말을 믿는 하인은 없어 보였다 앵무새처럼 떠든다는 말의 기원은 그의 앵무새 백작 할아버지 더 이전의 이전의 이전에 기원을 두고 있다고 목이 거북이처럼 늘어진 집배원이 풀들이 무성한 풀밭에 우편물을 두고 가며 말했다 어, 이 편지 여기 주소가 아닌데요 좀 성급하게 들렸을지 모르지만 사실이었다 적어도 그 우편물이 귀찮다는 뜻은 아니었다 우편배달부가 가래가 쌓인 건조한 자전거의 목에 빗방울 스카프를 두르는 사이 앵무새가 앉았던 횃대가 인간의 연인들이 앉았던 그네처럼 전진과 후진을 거듭하며 고개를 징글벨처럼 징그럽게 흔들어댔다 제발 썩!… 그다음 말이 나오지 않았다 이미 유전의 피가 목구멍마저 틀어막고 있을 거라는 그의 마지막 경고가 떠올랐다 마지막이라니… 흐흐 대단한 행운이야

나는 조용한 액자처럼 고요히 홀로 절망하기를 간절히 갈망한다고 하는 문장의 끝이 휜 아기 말의 꼬리처럼 왼쪽으로 휘어지며 생성되는 것을 생생하게 CCTV로 전달하기 위해 천장 위에 모셔 둔 거무스름한 잉크병 뚜껑을 급하나 급하지 않게 열었다 그리고 한 편의 시를 남겼다

　　나의 혀는 죽은 새처럼 안으로 휘말려 있다
　　나의 발톱은 죽은 아이처럼 부드러워져 있다
　　나의 손수건은 한 번도 지상의 인간에게 얼굴을 내민 적이 없다
　　왜 사는가
　　왜 사는가
　　더 절실한 비가 가뭄처럼 움츠리며 검은 동공 속을 찾아들었다

　　앵무새가 누구의 소유가 아닌 스스로의 생명체임을 증명하기 위해 앵무새는 앵무새의 다리의 수를 더 늘려

야 했고 하늘의 청포도를 간신히 물고 와 건조한 거울을
더 만들어야 했다 허물과 인정이 없는 건물이 반성 없이
번성하는 계절이었다

* 배경음악: 미샤 마이스키(Mischa Maisky)의 '바흐 무반주 첼로 모
음곡 No.1'

# 파란 깃털과 손거울

숲에서

　　　　새들이

　　하나
둘

　　　　셋

　　넷

날
아
오
른
다

a;

지구의 바깥쪽 렌즈에 부딪히지도 않고(아니 이미 부
딪혔는지) 나는 알 길이 없다 네가 아니기에 너의 아픔을
짐작만 할 뿐 나의 어리석음을 용서해 주렴 나는 참으로
오만한 불덩이 까만 점처럼 날아올라 까만 날개를 펼치
는 까만 까마귀여 영롱한 눈동자여 보이지 않지만 보이
는구나 너는 이미 우주의 이치를 깨달은 자 나는 참으로
슬픈 동물 바느질한 육신을 낡은 짚신 속에 욱여넣고 비
로자나불을 구하는구나


b;

존재함으로 이미 완성된 컵은 시퍼렇게 물든 헝겊을
입에 물고 또 다른 존재를 찾아 먼 길을 떠나지 않아 이
미 완성된 해피 데이


c;

분홍 플라스틱 숟가락은 자꾸만 부순다 불안해서 자
신이 불안해서 부드러운 아이스크림을 으갠다 이미 완

벽한 자신을 의심한다 너를 믿으렴 너를 믿으렴 네 앞에
앉아 있는 인간의 지친 혀를 믿으렴 백태 낀 혀를 믿으렴
눈물에 얼룩진 투명한 안경알을 믿으렴

    d;

    무엇으로 슬픈 존재를 설명할 것인가 그러니 사물함
아 슬프다는 것을(그 제자리를) 인정하기로 하자

    e;

    이메일이 왔다 새의 세상으로부터 새장 안쪽 렌즈에
하얀 알을 낳았다고 한다

## 이쁜 나는

　자고 일어나니 온몸에 십자가가 그어져 있었다 피투성이인 채 수챗구멍에 버려져 있었다 아픔이 뭐더라 고통이 뭐더라 의사들은 기억해 보라고 귀에 대고 크게 소리 질렀다 아—라—크—스—타—파—소리 내어 발성해 보라고 한다 아기 천사들은 칠판에 가시관을 쓴 예수를 그려 주며 이게 뭔지 알겠느냐고 물었다 알지요 예수님입니다 보고 있던 사람들은 한숨을 길게 내쉬며 가슴을 쓸어내렸다 어떤 이는 번질거리는 이마에 땀을 닦으며 흡족한 미소를 지었다 팔월이 다가오고 있었다 한가위가 다가오고 있었다 보름달이 푸른빛으로 발밑까지 걸어왔다 그는 파르스름하다 그는 포르스름하다 그는 아르스름하다 그는 데끼스름하다 그는 보기스름하다 그는 알렉스름하다 그는 포기스름하다 그에 대한 찬사를 멈출 수 없었다 멈춰지지 않았다 동쪽에 이미 바람이 불기 시작한 것처럼 나뭇잎은 바람에 온몸을 맡긴 듯 깊이 흔들어댔다 처음부터 그랬던 것처럼 나뭇잎은 자연스럽다 이쁜 나는 보기는 보나 보이지 않고 알기는 아나 알지 못한다 의사들은 비상에 걸렸다 그들이 걸친 누추

한 가운처럼 때 절은 누더기처럼 기운 가운처럼 땜질한 등짝처럼 그들은 가늘디가는 나의 팔을 흔들어댔다 이 게 보이냐고 청진기를 들이밀었다 나는 수백 번도 더 고 개를 끄덕였지만 그들은 믿고 싶어 하는 것만 믿는 것 같 았다 그건 어제의 간호사도 오늘의 행정실장도 내일의 업무실적도 그저께의 바느질도 마찬가지였다 에어컨 옆 흰개미는 뭔가를 알면서도 뭔가를 몰라 긴가민가 수술 대에 올랐다고 한다

## 요한의원

채식하세요? 발톱 끝의 피를 짜던 그가 물었다 네 그
러고는 대화가 끊어졌다 그는 꿇어앉아 피를 짜고 나는
누런 전기장판이 놓여 있는 병실 의자에 기역으로 걸터
앉아 그에게 두 발을 맡기고 있다 그의 바늘은 손톱을
향해 다가온다 엄지 검지 차례차례 피를 짠다 그가 채식
하세요 다시 묻지 않았지만 나는 그가 그 말을 계속 반복
하는 것처럼 느껴졌다 서울에 가야 해서요 약이 더 필요
해요 그는 언제 떠나는지 물었다 이번 일요일에 올 거예
요 나는 돌아올 날짜를 말하는 중이었다 올갱잇국처럼
엇갈리는 시점이었으나 올갱잇국처럼 같은 시점이기도
했다 그가 손바닥에 침을 놓았다 위에 문제가 생긴 게 맞
군요 이십 분 후 그에 의해 일회용 침이 제거되었다 아프
면 아프다고 말하셔야 해요 그는 내 왼쪽 손바닥 생명선
두 갈래로 연하게 갈라진 꼬리 부분을 약솜으로 지그시
눌렀다 안 아팠어요 제가 누를게요 아… 안 돼요… 꼭 눌
러야 지혈이 돼요 그는 오늘 딴사람 같다 우리는 늘 딴사
람이 되곤 한다 곧 다가올 겨울이 달 뜬 가을을 보여 주
듯이

# 윤리

다이소에 들어가서 태풍 다나스와 자동차 다마스를 만났습니다 우리의 첫 만남은 이렇듯 신선하였습니다 열대과일로 가득한 만남이었습니다 향기는 푸르렀고 파도는 노랗게 부서졌습니다 자동차는 흘러넘쳤고 수입과자는 줄을 섰습니다 우리는 복면강도입니다 쇼핑을 온 사람들은 우리가 무서워 오줌을 쌌습니다 아이야 괜찮아 울지 마 하면 더 크게 울거나 아예 까무러쳐 버렸습니다 우리는 자루에 더 담을 것이 없어 자루를 버리고 나왔습니다 주린 창자는 배불렀고 주름진 뇌는 노곤했습니다 센텀 광장은 평화로웠고 하늘에는 패션 구름들이 외출을 나왔습니다 시청자미디어센터 앞에 심어진 대추나무 신기합니다(도심 한가운데 대추나무라니요) 인도 바닥에 떨어진 연둣빛 대추들 인도 사람 두 남자가 비유 말고 진짜 대추나무 열매를 따 먹고 있었습니다 대추에는 매연이 가득할 텐데요 여기저기 인도에 떨어진 이빨 자국 어룽어룽 어린 대추들 연둣빛 터번을 쓴 것 같습니다 마름모꼴에 가까운 긴 검은 수염 남자 둘 덜 익은 연둣빛 어린 대추(진짜 대추입니다)를 인도에 퉤퉤 뱉으

며 허허 웃는 낭만 깃든 모습이 흰 구름 새 떼가 날아가
는 것처럼 아름답게 보이기도 합니다 비유 말고 진짜 대
추나무와 인도 남자 말입니다 그런데 빨리 도망가시지
요 무지갯빛 구름이 말합니다 아, 망했습니다 허공에 경
찰차 푸른 사이렌 소리 울려 퍼집니다 우리는 발가락 무
수히 달린 지네처럼 바빠집니다

# 시간의 기록자

상큼이와 구름이와 던킨도너츠에 들어갔습니다 아름다운 오르골이 춤을 추며 반겨 주었습니다 〈콧대높은눈사람〉*과 〈첫눈엔레드벨벳〉*이 순식간에 사라졌습니다 눈 녹듯이 말입니다 알프스 언덕을 오르던 오르골의 음악도 털 없는 양처럼 추워 보였죠 인서트insert를 잘못 누르면 자꾸 사라지는 글자처럼요 오란다를 먹으며 오르골을 생각했어요 오골오골 오골계도 생각했어요 어, 그러고 보니 계림여관도 생각났어요 어느새 신라의 달밤까지… 아, 너무 멀리 가 버렸네요 생껍질을 까먹고 있어요 덜큰한 밤 맛이죠 얼굴이 반쪽인 낮달까지 덤으로 얻었어요 쌍둥이 밤이었어요 그런데 하필… 오늘 같은 날 쌍둥이가 죽었어요… 너무 마음이 아파요 그러나 아프다고 말할 수 없어요 일 초 후 알 수 없는 일들이 밀물처럼 몰려올 거니까요 광안대교의 불꽃놀이처럼요 발바닥 깊이 저장해 둔 벨벳 심장마저 빌려주었어요 오늘은 무역의 날이래요 산타할아버지는 관절이 아파 북한으로 중국으로 한국으로 백악관으로 청와대로 담을 뛰어넘지 못한대요 겨우겨우 DMZ 철조망 밑으로 기어

가 꼬마전구처럼 이마 반짝이며 자는 어린이들에게 선
물 전해 주고 간대요 느릿느릿한 눈망울의 꽃사슴은 방
금 구운 올드훼션드글레이즈*처럼 꼬리까지 빛이 난대
요 우울증 비를 맞은 구름이와 상큼이는 영하의 계단을
내려갔어요 오르골은 이미 차갑게 식었어요 오골거리던
닭들은 레몬 접시에 넘쳐나도록 담겼죠 누군가 번호표
를 오른손에 쥐어 주고 갔어요 얼마나 빠른지 누구인지
알 수 없었어요 오른손 바닥에 구멍이 뚫렸어요 번호표
가 대롱대롱 계림여관 키처럼 매달려 있었어요 키 없이
들어갈 수 있는 세상은 없나요 키도 작은데 키를 보태니
너무 힘에 겨워요 등짝이 두 쪽으로 쪼개져요 누가 폐 안
에서 장작을 패나 봅니다 그러라고 해요 그러라고 해요
장작이 활활 타올라 계림여관 방처럼 따듯하다면 얼마
나 좋겠어요 아기 천사처럼 곤히 잠들면 얼마나 좋겠어
요 하늘엔 노랑부리저어새 같은 노란 별 뜨고 땅속엔 빨
간 두더지들이 딸기애플파이를 구워요 H구원투수처럼
요 구원은 스스로 하는 거란다 하나님과 부처와 성모마
리아와 단군이 널리 세상을 이롭게 하라며 그게 사랑이

라고 말했어요 성탄절 아침에는 함박눈이 안 와요 펑펑
울면 함박눈이 펑펑 내리죠 펑펑 펑펑 펑펑 펑펑 카드 펑
펑 영화표 펑펑 셰프 펑펑 강아지 펑펑 흰 눈이 내려요 무
료음원사이트 산타곡이 펑펑 내려요 낭랑 18세 투표권
달라고 함박눈이 흰 눈썹 삽으로 뜰 때까지 펑펑 내려요
자동문 사이에 굴러들어 온 갈대가 갈라진 바닥 문틈에
끼어 끼익끼익 길 잃은 강아지 울음소리처럼 들렸어요
자몽하다는 비몽사몽간이라는 뜻이래요 망고하다는
연 날릴 때 연실을 다 푸는 것을 뜻한대요 블랙아이스는
아스팔트에 검게 보이는 결빙이래요 결핍인지 결빙인지
세계의 언어는 늘 민트빛처럼 새록새록 아름다워요 볕
뉘는 틈 사이로 들어오는 작은 햇살이래요 국어사전을
찾아본 적은 없어요 맞으면 어떻고 틀리면 어때요 아름
다운걸요 얼음다운걸요 문득 그런 생각이 들었어요 고
산 스님 일대기 읽다가 석남사 나오기에 표충사 떠올랐
고 표충사 나오길래 혼자 걸어갔던 겨울숲 내원사가 떠
올랐죠 미끄러운 징검다리 건널 때 맑은 얼음 아래 물고
기 맑은 얼음 아래 물고기 그 물고기가 내 인생이 되어 버

렸어요 동백이 동백일 때 아름다워요 물고기는 물고기
일 때 아름답지요 얼음 밑에 물고기 얼음 밑에 물고기…
아, 오늘은 이 시를 끝내고 싶지 않아요… 그러나 나는 야
간 수업을 가야 해요… 그래서 이만 적어요 안녕… 아름
다운 언어들의 귀퉁이에 물고기 화석처럼 박혀 걸어가
요… 사랑하는 언어들… 두 눈 초롱초롱 초록물 길어 가
요 안녕 초롱아 안녕 이 초롱이 안녕 저 초롱이 안녕 매
초롱이 메꽃 메뚜기 메주 메추리알… 오늘은 잠들지 않
고 밤하늘 위로 활을 활을 할을 할을…

*던킨도너츠 제품명
**배경음악: 하춘화의 '낭랑 18세'

# 메리 크리스마스
—어제의 시 48

땡땡이 주름 원피스를 입고 가부좌한 채로 잠이 들었습니다 탈영혼은 담을 넘어 밤새 뼈다귀가 튀어나온 열두 명의 산타와 골목과 골목을 누볐습니다 골목마다 수염 허연 여성들이 지팡이를 던지며 니는 뭐꼬 니는 뭐꼬 물었습니다 영혼은 담을 넘고 넘었습니다 니는 뭐꼬 니는 뭐꼬 담을 넘고 넘고 어느덧 맨발은 빙하의 나라에 닿았습니다 달을 삼킨 얼음호수가 울먹이며 불안에 떨고 있었습니다 아랫도리가 다 녹아 상체에 간신히 몇 마리의 펭귄이 붙어 있었습니다 빙하는 시속 235km 달리는 자동차보다 빨리 녹고 있었습니다 영혼의 맨발은 꽁꽁 언 발을 도끼로 잘랐습니다 오랫동안 아무 감각이 없던 심장도 꺼내 펭귄과 나누어 맛있게 먹었습니다 썩어 들어가던 다섯 개의 팔은 장작처럼 바짝 말려 하늘나라 선녀에게 던져 주었습니다 마침 기후의 변화는 도끼를 도와주었습니다 도끼는 늘 운이 좋아 보입니다 더 이상 뛰어넘을 담이 보이지 않습니다 달빛은 호수 속으로 스며들어 유유자적 한 마리 물고기처럼 유영하고 있습니다 얼음호수는 목탁처럼 공정하고 윤리적으로 보였습니다 얼음호수 속에서 막 꺼낸 반야심경 속에서 울지 않는 아기가 태어나고 있다는 전갈이 도착했습니다 탈영혼은 달빛의 담벼락에 쭈그리고 앉아 니는 뭐꼬 니는 뭐꼬 없는 손가락으로 윤리적으로 적었습니다 니가 뭐기는 뭐겠노 그저 어리석은 인간이지 허공에서 번쩍 번갯불이 일어나 콩자반이 볶아졌습니다

# 침묵의 형태

　어제는 충무로 대한극장에서 3인이 만나 설빙에서 녹
차빙수를 먹고 따듯한 대추차 2, 생강차 1을 마시고 한국
의 집을 산책했다 날씨는 차가웠고 실내의 꽃들은 풍성
했다 1인은 지하철 3호선을 타고 학여울로 가고 2, 3인은
지하철 4호선 당고개행을 타고 송년 행사 가는 길 혜화
역 3번 출구 연탄불에 구운 흰 가래떡에 붙은 거무스름
하게 탄 자국 같은 하늘과 노숙자의 손등들 서울대병원
가는 길을 걷는다 은행나무들이 젖비린내를 앓고 있다
그 옆에 서 있는 함춘회관도 오랫동안 낫지 않는 고질의
눈병을 앓고 있다 밤 0시 11분 노숙자들이 나사처럼 곳
곳의 빈칸을 찾아 옆으로 웅크려 누워 있다 밤은 냄새의
역사 또 한 줄의 역사가 별똥별로 쏟아지고 있다 역사는
역사일 뿐 침묵은 어떤 행위도 실행하지 않는다 자정의
역사는 느릿느릿 침묵의 형태로 걸어간다 3의 목에 걸린
진주는 헤어질 때 왜 눈물이 났는가 진주는 감정적인가
회유적인가 추억적인가 진주는 3의 얼굴을 소래포구처
럼 오래오래 치어다본다

## 랑랑

공동묘지에서 노래가 흘러나올 때 랑랑 새들이 서로
의 뼈를 뜯어 먹을 때 랑랑 슬쩍 한 팔 끼워 넣으며 내 편
하자고 할 때 랑랑 나도 할까 생각했어 랑랑 살짝 편안해
지고 싶었거든 랑랑 저녁마다 유서를 적어 랑랑 내일 눈
뜨지 말자고 랑랑 몸은 젖은 소금가마니 랑랑 쉴 새 없
이 놈들이 덮쳐 랑랑 그놈들을 누가 키웠다면 랑랑 이 땅
의 풀들이 키웠지 랑랑 말해서 뭘 해 랑랑 말해서 뭘 해
랑랑 말은 말을 말아먹어 랑랑 찢어진 허벅지 한 쪽이 둑
에 떨어져 랑랑 이리저리 발길에 채이다 랑랑 데굴데굴
구르다 랑랑 풍덩 물을 머금고 사라져 랑랑 그 물은 이
지상의 마지막 물…랑…랑… 지상의 마지막…물…랑…
랑… 자상한…지상의…마지…막… 물…랑…랑…오!
랑…랑 교회 첨탑이 떨어져…자상한… 더없이 자상한…
지상의…랑랑…

# 앨리사의 죽음 노트 1
—204년 후


　—나 앨리사는 나 앨리사에게 말했다 나 앨리사는 어떻게 죽지? 나 앨리사는 나 앨리사에게 말했다 나 앨리사는 어떻게 살지? 나 앨리사는 나 앨리사에게 말했다 나 앨리사는 어떻게 돈을 벌지? 나 앨리사는 나 앨리사에게 말했다 나 앨리사는 어떻게 밥을 먹지?


　언젠가부터 나 앨리사는 자신을 위로하고 싶을 때 오, 푸어 나 앨리사!라는 혼잣말을 하곤 한다 왠지 나 앨리사는 자주 실수하는(말이든 행동이든) 푸른 등비늘을 가진 인간 가련하고 불쌍하게 느껴지는 날, 나 앨리사는 천천히 온몸 안을 한 바퀴 돌다 울려 나오는 소금동굴 같은 저음의 목소리를 낸다 오, 푸어 나 앨리사! 그러고 나면 반짝, 한 줄기 젖은 빛이 생기生起를 회복한다 그러고 나면 냉장고 파먹기로 식욕을 회복하고 세상과 마주 앉는다


　나 앨리사는 지치지도 않아

영화매표소에서 근무하는 너 넬리사는 한마디 던진다

맞아 너 넬리사도 그래

나 앨리사도 한마디 던진다

우린 왜 사는 걸까

정글 모자를 쓴 노부부가 세 시간이나 되는 긴 영화를
예매한다

나 앨리사와 너 넬리사는 남의 인생에 대해 말하는 것
에 관하여 스스로 캡슐 자외선 차단제를 바른다

여덟 살 된 흰토끼가 복통을 일으켰다. 나 앨리사는 편
의점장에게 한 시간의 편의를 얻었다.

투블럭 댄디컷 볼륨매직 헤어스타일을 한 수의사는 흰
토끼의 배에 투명한 젤을 바르고 초음파 헤드로 마사지를

시작한다 저기 보이지요 저기가 방광입니다 오른쪽 창자는 깨끗하구요 왼쪽 창자에 똥이 가득하군요 토끼 똥만 누는 흰토끼에게 처방전이 주어졌다 똥 길이를 잘 보시길 바랍니다. 너무 길면 사료가 많은 거구요 너무 짧으면 사료가 부족한 겁니다 오전에 8시, 오후 5시에 사료를 각각 다른 그릇에 담아 주어야 합니다

　손목 횡인대까지 타원형 소매가 알맞게 내려온 흰 가운을 입은 수의사는 병원 입구에 들어설 때는 무뚝뚝하고 진찰할 때는 섬세하고 약을 처방할 때는 세밀하다 토성±토동물병원 약은 잘 듣는 편이다 석 달 전 같은 증상으로 왔을 때 흰토끼는 수술대 위에서 엑스자로 다섯 개 젖꼭지가 밥풀처럼 붙어 있는 연분홍빛 배를 드러내고 엑스레이를 찍었고 수의사는 오늘과 같은 흰 가루약 처방을 해 주었고 약해지는 흰토끼의 관절을 위해 관절이 좋아지는 짜 먹이는 튜브형 영양제와 지저분한 이빨 스케일링을 위한 혈액검사와 만성염증의 두 귀를 위한 면봉으로 바르는 연고를 권했다 현금 10% 할인을 받아도 8만 9천 원, 오늘은 4만 8천 원

나 앨리사는 너 넬리사에게 톡을 보낸다

모든 게 무사히 잘 끝났어
너를 죽도록 사랑해
우리가 죽으려면 얼마나 기다려야 하는 걸까
이제 은행 잔고 0

흰토끼를 버릴까
흰토끼를 잡아먹을까
흰토끼를 팔아 버릴까
아무도 사 가지 않을 거야 그까짓 늙은 흰토끼

어떻게 되겠지
그래 어떻게 될 거야
지금까지 이렇게 견뎌 왔듯이
뭐가 무섭겠어

나 앨리사는 흰토끼를 품에 안고 강변을 걷는다

오, 푸어 나 앨리사!

흰토끼는 삼 개월에 한 번씩 있는 생리가 끝나고 나면 심한 복통으로 인한 하반신 경련과 마비를 앓는다 흰토끼는 사랑의 묘약 같은 냄새를 맡고 온 같은 방에 있는 수컷에게 어떤 빌미도 주지 않으려고 고집스러운 무쇠 솥뚜껑처럼 몇 날 며칠을 한자리에 웅크리고 앉아 있다 수컷이 잠시 자리를 비우면 그제야 흰토끼는 얼른 토끼 눈물만큼 물을 마시고 토끼 똥 몇 개를 모은 듯한 오줌 흔적을 남긴다 흰토끼가 자신이 원하는 방향으로 자신의 몸을 지키는 방법을 밤새 읽고 있으면 눈동자가 빨개진다 하늘의 별처럼 수없이 치우고 치운 토끼 똥만큼, 관절 영양제는 나 앨리사가 빨아 먹어야 한다.

여름휴가다

튀김만두 속처럼 억지로 숫자를 쑤셔 넣고 만들고 또 만들었지만 나 앨리스와 너 낼리스는 휴가 날짜가 같지 않다.

　나 앨리스 나 기다릴게

　너 낼리스 너 기다려 줘

　어디를 갈까 흰토끼들과 함께

　엑스자 체형이 꼭 나쁘지는 않아

　그건 서로 크로스cross 하는 거니까

# 믐의 강

나는 그 사람의 금 간 얼굴을 찾고 있다 달랑 사진 한 장을 손에 들고 그러나 몬순의 숲은 시간의 얼굴을 망가뜨리며 지나가고 있다 사이렌을 울리며 방금 구급차가 지나가듯이 그렇게 큰새주머니 한 마리가 후적후적 밀림의 강을 건너가고 있다 큰노루마을 어귀에서는 머위의 귀퉁이가 익어 가고 참된 사람들은 자꾸 헐벗고 살았다 건포도처럼 까맣게 말라 갔다 달랑 사진 한 장은 급속충전 휴대폰처럼 점차적으로 때로는 불량처럼 급속도로 뜨거워졌다 달랑 사진 한 장의 무게는 말린 자두 한 개의 달콤함이었다 타박감자들이 강바닥의 물고기에게 먹히고 있었지만 하체를 상어에게 뜯어 먹힌 긴 창들은 그저 지켜볼 수밖에 없었다 그저라는 말들이 몬순의 가족들에게 뼈아프면서도 편리하게 쓰여졌다 과연 인간은 인간다웠다 한 물리학자는 별을 연구하다 결국 인간에게 돌아왔다 인간이 별이라는 게 그의 지론이었다 원소와— 분자를— 노래했던 그였지만 몬순의 영향력은 지대했다 나는 그 사람의 젖은 얼굴을 찾고 있는 건 아닌지 나는 그 사람의 굶주린 얼굴을 찾고 있는 건 아닌

지 생각할수록 인간은 상어처럼 잔혹하고 연초록의 잎
새처럼 부드러웠다 파란 밈이 불고 노란 깃발이 발을 내
디뎠다 밀림의 숲은 여전히 안에서 밖으로 흘러내렸다

# 3부
## 너에겐 어떤 체육관이 존재할까

# 어제의 시

어제는 흘러갔다고 하나 나는 오늘의 의자에 앉아 어제를 쓰고 있으니 아직 어제는 어제로 남아 있고 오늘은 왔으나 아직 어제의 침대에 누워 있으니 내일은 오늘의 침대에 누워 내일을 기다리고 있어라 내일은 어제의 손톱을 기웃거리고 오늘은 어제의 손톱을 기웃거리니 내일은 다시 내 일을 불러오고 오가는 사람 정신없고 황망하여라 발밑에 어제의 거미가 죽어 있고 고목의 구멍마다 검은 박쥐우산이 박혀 있고 저건 저격이다 저건 고의다 저건 저녁나무의 숨구멍을 틀어막는 일 저건 새벽 고목에 고인 빗물을 먹으러 온 새들이 발길을 되돌리는 일 공중에서 날개를 한없이 퍼덕거리며 빗물을 마시기 위해 날개를 한없이 퍼덕거리고… 그리고 또 무엇이 있는가 사람의 일이여 이미 새들에게 세 들어 사는 사람의 일이여 이미 그런 것을 저 검은 박쥐우산의 운명이 꼭 저것만은 아닌 것을 검은 밤 휴대폰 발광을 들여다보며 지나가던 한 남자아이가 구름 옷자락 흘깃 쳐다보고 다시 발광을 따라간다

\* 배경음악: 백건우의 베토벤 피아노 소나타 No.14 in c# minor, op27-2 '월광(Moonlight)'

# 친절한 전철

전철이 훨훨 날아요 인간세계를 떠나요 같이 나눠 먹은 인절미 맛있었는데 절로 절로 떠나는 당신의 날갯짓 멈출 수 없네요 잘 가요 그대 고생 많았어요 누런 가래와 휴지 같은 목숨의 시간들을 견뎌 줘서 뭐랄까요… 고맙다는 말이 말이 될까요 가끔 거울 보며 눈물 난다 했지요 가끔 길 걸으며 쉬 난다 했지요 그때마다 펑펑 어디에도 내리지 않는 함박눈 찾아 떠난다고 했지요 녹슨 몸 이끌고 주렁주렁 세상의 호기심 가득한 눈동자들 매달고 마린블루 빛 눈동자들 환호성 지르는 게 기분 좋다 했지요 훨훨 나는 기분이다 말했지요 이제 그대 절로 절로 가는 날개 두 어깨 두 엉덩이에 솟았네요 절로 가네요 저절로 가네요 오! 떨어지지 말아요 제발! 그대 친절했지요 그대 아름다웠지요 그대 상냥했지요 수십억 거친 발자국 기뻐했지요 등은 야위고 쇄골뼈는 부러지고 뒤통수는 사라졌지요 훨훨 날아가는 시조새 한 마리 흰 아기 코끼리 한 마리 은빛 잉어 한 마리 뿔 높은 사슴 한 마리 야옹 야옹 얼룩줄무늬 아기 고양이 한 마리 곱슬곱슬 호숫가에 빠진 양배추 인형 한 마리 녹슨 하늘은 땅의 구릿빛 거울 뜨거운 온천수 단나무 목구멍 위로 마구마구 솟아올라요 투명필름 속 인절미 잇몸은 아직 말랑하고 부드러워요 연둣빛 물빛 새벽 같아요 몰캉몰캉 몰카에 시달리던 그대 안녕 벌어진 다리 사이 붉은 팬티 잘 묻어 줄게요 소멸의 예의 다해 봉분 쌓을게요 잘 가요 그대 잘 가요 그대 저절로 저절로 우리 다 잘될 거라고 그대 솟아오르는 마지막 힘 다해 읽어 주는 금강경 독경 소리 여기 지금 이 순간 여여히 들립니다 저절로 가고 저절로 남은 자 땅의 역사를 새롭게 쓸 거라고 쿠아아앙 쿠아아앙 녹슨 목소리 번개처럼 번쩍이며 푸르딩딩 푸르딩딩 푸르딩딩 찬란합니다

# 벼 속에 벼가 없고 개구리 속에 개구리가 없다

어제 농협은 문을 닫았고 신협은 문을 열었다 내일 태권도장은 문을 열었고 합기도는 문을 닫았다 스물 스물 지네가 기어 나오고 스물 스물 창자가 기어 나오고 기어코 우물 뚜껑이 열렸다 닫혔다 축산업이 번식하고 식목업이 줄어들었다 성묘가 번성하고 추가가 추가되었다 낫과 구충제가 말을 번식력 있게 알아들었다 돌담 사이에 몸을 둥글게 만 휴지들이 길을 찾아 들어가고 빈 깡통들이 식사 전의 아이들처럼 요란하지 않았다 짜장면이 나왔고 짬뽕 국물이 줄어들었다 비가 내렸지만 비가 오지 않았다 광주리에 높이 선 무화과들이 하나둘 강변으로 내려갔다 누가 팔아도 겁나게 외로운 가격이었다 누가 찔러도 겁나게 아픈 생살이었다 버스를 타면 시원하고 버스를 내리면 덥다 지하철을 타면 시원하고 지하철을 내리면 덥다 편의점에 들어가면 시원하고 편의점을 나오면 덥다 발바닥은 땅바닥에 밀리지 않고 땅바닥은 발바닥에 밀리지 않는다 자전거는 도로를 달리고 인간은 하늘을 달린다 김선희한의원은 동래시장 앞에 있고 동래시장은 피부병 앓는 개 한 마리 앞에 서 있다

# 봄비

붉은 손바닥 위로 연분홍 비가 흘러내렸다 둥근 전등들이 분홍빛 비탈진 산 아래로 걸어 내려왔다 꿈은 늘 여기서 끝이 났다 다음 날의 꿈을 기다린다는 생각은 잠시 수업하고 종 치고 전화 받고 와이어가 부착된 검은 면 마스크를 썼다 안경에 허연 김이 기생충 알 슬듯 슬어 앞이 잘 보이지 않는 것을 잘 견딘다 격리의 두려움을 잘 견딘다 구급차에 실려 가는 휠체어를 보며 잘 견딘다 제법 생각할 줄 아는 쓸모 있는 인간이 되어 간다 구부러진 와이어가 높지 않은 코를 더 납작하게 짓누른다 그래도 잘 견딘다 봄동처럼 연초록 고등어를 굽고 빨간다홍치마 물고기를 굽고 안심을 굽고 양파를 굽고 마늘을 굽고 신발을 굽고 영화를 굽고 금고를 굽고 젓가락을 굽고 숟가락을 굽고 엇박자를 굽는다 제법 눈치 빠르게 움직일 줄 아는 인간이 되어 간다 멍든 발가락을 재빠르게 움직이려고 노력한다 제법 근사한 인간이 되어 간다 그 사이 꿈이 찾아온다 오, 기다리던 꿈이여 나의 고단함을 씻어 다오 좆을 내민다 꿈은 오럴을 잘한다 구강 위생적이다 'a French oral'은 '프랑스어 구두시험'이고 "어 프렌치 오럴"

이라고 구워야 한다 구두를 굽는다 두부를 굽는다 부두를 굽는다 청새치를 굽는다 헤밍웨이를 굽는다 노인과 바다를 굽는다 좆을 굽는다 오럴은 여전히 오럴이고 마스크는 여전히 마스크다 버스에서 내릴 때마다 손소독제가 검은 우산을 쫓아온다 내 다친 손이 내 머리통을 굽는다 머리통이 납작해진다 머리통에서 검은 마스크가 꿈틀꿈틀 기어 나온다 손바닥 가득 뜯어 먹다 버린 깡마른 빨간 생선 같은 어젯밤 봄비가 초록초록 봄동처럼 흘러내린다

# 다종 어류

오른쪽 어깨가 으깨어진 낱말의 어족들이 종의 기원이라는 푯말을 목에 박고 유유히 헤엄쳐 다녔다 멀쩡한 왼쪽 어깨 낱말의 어족들이 종의 기원이여 안녕이라는 푯말을 불룩한 배에 박고 힘겹게 헤엄쳐 다녔다 파도 속의 단어들이 튀어 올라 단단한 낱말 어족들의 이빨이 서로 예민하게 부딪혔다 눈을 의심할 만한 엄청난 눈사태가 일어나 바다가 산이 된 것도 그즈음 일이었다 낱말의 어족들은 산신령이 된 듯 자유자재로 몸을 바꾸어 산 위를 날아다녔다 시원한 높새바람도 하늬구름도 다 그때 생긴 일이다 그다음 날에는 초록 물고기가 멀쩡한 초록 어깨를 연분홍빛 아가미에 끼워 물고 왔다 초록 물고기가 연초록 낱말을 절구에 찧어 시장에 내다 판 것도 그즈음 일이다 그다음 날은 금빛 물고기가 썩은 지푸라기 부처를 물고 왔다 내장이 투명하게 비치는 물고기들이 옴마니밧메훔 옴마니밧메훔 옴마니밧메훔 지지배배 노래한 것도 그즈음의 일이다 오늘은 멀쩡한 왼쪽 어깨의 불룩한 배를 지그재그 가르고 배 속의 아기 물고기들이 태어났다 아기 물고기들은 톱니바퀴 이빨을 갖고 태어났다 사전적 의미의 방을 가진 어족 의사가 생래적인 일이라고 짧은 혀로 몽글거렸다 가장 늦게 산의 가장자리에 태어난 톱니바퀴 이빨 물고기 아기는 다른 톱니바퀴 이빨 아기 물고기의 낱말 속으로 스며들어 가 낱말이 각성한 뜻을 이룰 거라고 예민한 이빨의 물고기는 예언가처럼 말한다 일 초 전 조개 무덤 속의 말이 깨어나 히히힝! 쩝쩝쩝… 소리친다 먹는다 그리고 죽는다 그리고 무엇을 쩝쩝거리며 먹고 죽었는지 아무도 모른다 죽은 자리에 쌍비읍의 몇 개 낱말이 떨어져 있을 뿐이다 톱니바퀴 이빨 물고기 아기는 나이를 먹지 않고 죽는 게 관례라고 주술사 물고기가 말한다 톱니바퀴 이빨 아기 물고기는 방앗간 디딜방아에 가루영혼이 되어서야 게걸음 치며 자신을 돌아보는 게 관례라고 주술사 물고기가 또 말한다 혹은 영원히 돌아보지 않을 수도 (아, 그건 또 얼마나 큰 비극이자 희극인가) 갈아 끼운 오른쪽 어깨가 썩어 가고 있다 엄청난 식욕을 가진 톱니바퀴 이빨 아기 물고기가 내 앞에서 헌 톱니 이빨 바퀴를 통째로 갈고 있다 다종 어류의 어원은 다정 어류라고 사전적 의미의 방을 가진 어족 의사가 코로나 19 코호트 격리에 들어가기 전 남기고 간 메모들이 산양 움막 앞에 지그재그 흩어질 예정이다

# 나노 인간

꒦그가 빌딩에서 떨어질 때 그는 그를 밀지 않았다 그가 골목길을 벗어날 때 그는 그를 본 적이 없다 그가 찢어진 시퍼런 눈두덩에 황금벌레를 데려왔을 때 그는 그 자리에 없다 세상의 의심들이 모두 모여 심판대를 건설했다 누군가는 죽어 나가야만 했다 서로가 서로를 죽이겠다고 말한 적이 없다 그런데 서로가 서로에게 죽어 나갔다 말들이 히힝, 거렸다 노새들이 끌려, 왔다 비행기 조종실에 누군가가 앉아 있었다 그런데 누군가가 누군가를 본 적이 없다 뜨겁고 깊은 심장 속에 심층 깊은 나노 외계인 타워가 건설되었다 얇고 가벼운 췌장 속에 심층 깊은 나노 로봇 다리가 세워졌다 언젠가, 누군가가, 절대, 본, 적이, 없는, 살점 도톰한 인간이 먹었다는 한 과학자의 불타는 눈썹의 증명이 증명하는 붉은 새우 껍질처럼 우리는 우리가 밟아 버렸던 지렁이의 몸 안에서 증명되지 않은, 증명될 수 없는 나노 인간으로 돌고 돌 것이다

# 코코몽 해변

흰 소들이 고운 모래 위에 엎드려 있어요 음메 음메 염소처럼 울어요 코 질질 흘리던 W갈치는 빽치기가 되었어요 울퉁불퉁하던 얼굴에 칼자국도 생겼어요 h바람은 내림굿을 받았어요 얼마나 도망갔는지 몰라요 그래 봐야 작은 섬 비 내리는 동굴 안이었죠 i물고기는 오 년 전 연극을 시작했어요 밤마다 성폭행을 당해 힘들다고 울었어요 인공중절도 세 번 했대요ㅜㅜ 비 내리는 동굴에 언제 왔는지 기억도 나지 않아요 지금 포기할 수 없대요 작은 배역도 맡았대요 쌀도 사구요 T는 달려요 무조건 달려요 그러면 힘든 자기가 안 보인대요 잠시 안 보이지만 오래 안 보이게 할 수 있대요 해변가에서 가끔 흰 소들과 뿔싸움 놀이도 한대요 그때 e메일이 나타난대요 뭐든지 엽서로 보내 보래요 풍등은 띄우지 말구요 동물국회의원들이 고된 업무 중에 깜짝 놀란대요 순금이 생길 좋은 운수래요 동굴의 산부인과에서 아기들이 태어나요 눈 펑펑 화이트 크리스마스입니다 누군가는 키워야 하고 누군가는 느리게 사라지기도 하는

# 신어산

　고드름 왕자가 고드름 공주를 무소음 비행기에 태우고 향나무를 지나 뱀의 허리를 지나 녹색의 숲으로 접어들었대 에헴; 그때 매 한 마리가 땅 위에 꽂히는 화살처럼 내려와 들쥐 한 마리를 낚아채 바위 동굴 속으로 들어갔지 곧 들쥐 창자가 배 밖으로 튀어나올 거야 고드름 왕자의 길고 긴 투명한 창끝으로 매의 부리를 찌를 수 있을까 해는 녹색의 숲 밖으로 걸어 나가고 새벽의 알몸은 길몽일까 현몽일까 주식회사 간판이 드문 도로를 걷던 갈비뼈 앙상하게 드러난 노란 개의 입김은 참빗처럼 가지런하게 희고 하늘국수와 구름떡국은 여의주를 주거니 받거니 장작불은 지글거리는 일몰 잇몸 밖으로 타오르고 고드름 왕자의 생계는 이미지 강매, 여드름 공주의 생계는 이매진의 붐, 볼 타고 내리는 눈물, 우박 떨어지는 하늘은 검은 비듬으로 빚은 상수도원의 물비린내를 아끼는 듯해 에헴; 몸길이에서 물길이가 빠져나와 물 길어 올게 물에서 물이 나와

*배경음악: 비틀즈의 '이매진(imagine)'

# C$_7$H$_5$NO$_3$S*

드론이 찾아낸 제비 세 마리 황토방 짓고 도자기 굽고 있어요 10월 5일은 샹탈 애커만이 자살한 날 자살했다고 다 죽지는 않지요 그러나 샹탈 애커만은 죽었지요 나는 아침 흰죽을 먹다 사카린을 삼켰어요 니코틴 원액으로 나를 죽였어요 그가 죽었다는 걸 2015년 10월에는 몰랐어요 2124년 15월 34일에 알았어요 보지 않은 필름은 영사기에 갇혀 있어요 곧 한 편을 더 볼 거예요 예매를 마쳤지요 애매한 시간은 누구에게나 있지요 가볍지만 무겁지요 눅눅하나 쾌청하지요 자, 손목을 자해하며 생각해 봅시다 성폭력을 마친 미친개가 가볍게 군복을 툭툭 털고 기름진 웃음을 바닷가에 띄우며 참호의 먼지를 후— 불 때 피투성이로 엎드려 있는 만 열여덟 살의 항문들을 예배 시간에 맞춰 바닷가에 거북이를 띄웠어요

*사카린 화학식

# 해맑은 식단표

돌아갈 길이 없어 스스로 길을 만들어 걸어가다 새총
을 만났다 새총은 나의 이마를 겨누었다 나는 "기꺼이"
라고 말했다 행복불행이라는 단어가 사라진 시간의 거
리에는 한 줄기 바람조차 불지 않았고 인조인간들의 뇌
는 간단한 식사에 전력을 다했다 그건 살아 있는 자연 상
태의 인간을 마취하지 않은 채 뇌를 갈라 전두엽과 해마
를 섭취하는 일이었다 그건 인기 절정의 레시피였다 자
연 인간을 구하기는 쉽지 않았으나 어려운 골목에 들어
설수록 구수한 전두엽과 해마의 냄새가 흘러나왔다 새
총은 인조인간의 입맛에 맞는 전두엽과 해마를 구하느
라 눈물겨운 새총질을 해댔으나 기꺼이라고 말하는 자
연인간은 내가 처음이라고 했다 나는 사실 어디서나 처
음이었다 저음의 내 목소리가 사람들의 행동적인 동향
의 불편함을 덜어 주었다 그것으로 마냥 기뻐할 수 없는
새총은 전두엽과 해마가 사라진 나의 시체를 메고 거리
를 돌아다녔다 해마가 저수지로 빠져 들어가고 있다는
전갈이 흔들거리는 손톱 사이로 흘러들었다

# 송정
—어제의 시 53


깨어진 창으로 거위가 들어옵니다 거위의 발은 커튼의 가슴을 짓밟고 지나갑니다 오 지나가소서 지나가소서 부디 지나가소서 아무 일 없듯이 살아간다는 게 말이 되지 않지만 말이 되지 않는 시간을 거위처럼 받들고 살고 있습니다 말은 젖꼭지의 함몰처럼 고요합니다 양에게 젖을 물릴 수 없을 때 말은 생각합니다 죽어 가는 거위처럼 배를 가를 수는 없으니 이 일을 어쩐담 말은 고요하고 행동은 재빠릅니다 굶어 죽지 않지요 모두를 먹여 살리지요 그러나 점점 거칠게 행동은 병들어 가고 있음을 알고 있습니다 말은 말없이 병든 말을 지켜보고 있습니다 햇살은 오늘도 동쪽을 향해 들어옵니다 살겠다고 발버둥 치는 거위도 함께 들어옵니다

# 베이컨 죽음의 계단에서 머물고
―빵의 죽음

    빵의 분석가는 치즈와 베이컨과 밀가루로 만들어진 빵을 분리한다 · 음 이 빵은 상당히 공이 든 작품이군 그런데 왜 사람들은 이 빵에 손을 대지 않는 거지 · 그의 손가락에 치즈가 들러붙는다 상당히 질 좋은 치즈군 국내에서 보기 힘든 치즈라네 오, 이 베이컨은 말일세 (그는 베이컨을 떼어 옆에 엎드려 등이 D자로 휘어지도록 생식기를 빨고 있는 아홉 살 된 갈색 푸들에게 던져 준다) 어때 혀가 정말 경쾌해지지 슈크림이나 치즈크림이나 파인크림은 모두 크림이라는 비늘을 목숨 걸고 지킨다네 크림의 존재는 얼마나 존귀한지 푸하하 웃어서는 안 될 일 엘리자베스 여왕은 새 구두를 대신 신어 줄 친구를 구한다는 구글앱 앞에 매달려 있다네 식은 커피는 어둠 속의 장송곡 (까맣게 식인상어가 몰려오고 저들을 한 그물 속에 엮고 있는 바다에게 환경상장과 상금으로 오백나한이 먹을 수 있는 슈크림을 내리기로 결정한 전전전해 양부장관은 만족스러운 미소의 조각을 떼어 생식기를 빨고 있는 개에게 던진다) 아홉 살 된 개의 나이에 칠을 곱하면 인간 나이가 된다는 간단함을 법으로 정하세 골치 아픈 계산법은 딱 질색이야 슈크림의 파도 속에 상어들이 이빨을 벌리고 개의 머리통을 삼킨다 슈크림 같은 개의 머리들이 동해안 바닷가 꽃이 된다는 것은 어제 새벽 서랍을 열 때 속옷이 옷장 틈새에 끼여 울고 있을 때 이미 정해진 사실이었다

# 태움

　이팝나무에 얼음이 열렸습니다 조팝나무에 열두 마
차가 열렸습니다 어떤 전환점이 존재한다면 바로 지금
이어야 할 텐데 정성과 간절함은 서로 양복을 짓지 못합
니다 사무치도록과 미치도록은 서로 양장을 짓지 못합
니다 검고 두꺼운 백과사전 같은 기와도록을 들고 꿈속
에서 빠져나온 적이 있습니다 암키와 수키와와 나란히
같이 걸었는데 나는 잠시 동굴 속으로 들어가 치미를 치
밀하게 그려내기도 했습니다 그때 휴대폰이 울렸습니다
초등학교 친구였습니다 건강검진 치밀 유방을 들먹거려
우연히 동굴 속으로 들어온 관광객이 스피커폰 소리를
듣고 치미 뒤로 돌아갔습니다 치미와 치밀의 우연은 도
록과 미치도록과의 연관성을 생각하게 했습니다 위를
올려다보니 모든 것은 그렇게 하나로 이어져 있었습니다
과의 연관성을 생각하니 과외사과괭이밥 따위가 횡단
보도를 차지하고 누워 퍼포먼스를 하고 있는데 언제 동
굴을 빠져나온 나인지 인식의 거울은 세탁소마다 바람
처럼 걸려 있고 저어기 흩날리는 건 암막새와 수막새의
이름처럼 외우고 있어야 했습니다 언제 태움의 호출이

있을지 모를 일입니다

# 우리는 무엇으로 살아가는가

　구린내와 아연실색의 소서와 초복 사이 모기 한 마리가 열려 있는 방충망 사이로 날아들어 왔습니다 새로운 대륙에 도착한 모기는 이 모서리 저 모서리 인간의 향기와 강아지의 향기를 맡고 다닙니다 선풍기의 목줄기에 앉아 하얀 플라스틱 피를 빨아먹고 있습니다 죽음에 대한 설명은 사양하겠습니다 강사 요청을 거절합니다 구리와 아연의 화장실은 각각 준비되어 있습니다 운동은 해서 뭐 하겠습니다 정신은 지칠 줄 모르는 멧돼지처럼 끊임없이 탐욕스럽습니다 한 개의 마와 두 개의 마는 마 됐습니다 세 개의 가마니와 네 개의 가마니도 마 됐습니다 정중하게 사양합니다 이제 들어와 주시겠습니까 방의 혈액은 순정하고 결정적인 근육마저 부드럽습니다 이제 준비되셨습니까 몸서리치는 시간들을 즐길 밤마다 꿈을 꾸었습니다 버스 종점이 가까워지면 창가에 내 모습이 비칩니다 어둑어둑해지는 거리들은 언제보아도 아름다운 별입니다 내 뒤에는 누가 앉아 있습니다 돌아보니 누가 있습니다 그런데 버스 창가에는 내 모습만 비칠 뿐 누구도 보이지 않습니다 다시 뒤돌아봅니다 아무도

없습니다 그러면 조금 전에 있었던 너는 누구인가요 나
인가요 너인가요 욕조 안에 코끼리인가요 오백 년째 밤
마다 찾아오는 꿈들을 받아 적고 있습니다 다 받아 적지
는 못했습니다 다 받아 적을 수 없었으므로 간혹은 몸통
이 사라졌고 간혹은 발등이 되살아났습니다 몽골인이
되기도 하고 이집트인이 되기도 했습니다 깊은 잠에 빠
질 때마다 누군가 나를 뒤에서 칸이라 불렀습니다 칸!
칸! 칸! 애절하게 세 번 불렀습니다 생각합니다 나는 누
구인가요 나는 너가 아니고 너는 나가 아닙니다 그런데
도 너는 나이고 나는 너입니다 그렇게 우리는 형성됩니
다 누구는 지방세를 내고 누구는 지방세를 내지 않습니
다 누구는 주민세를 내고 누구는 주민세를 내지 않습니
다 누구는 직선제를 하고 누구는 간선제를 합니다 검은
튤립의 눈동자는 눈덩이처럼 굴러갑니다 멈추다 멈추
지 않는 환상적 입체적 환청들 춤추다 춤추지 않습니다
끝낼 때가 시작할 나의 차례이고 시작할 때가 끝낼 너의
차례입니다 허허 자네의 입안에서 뼈 앙상한 지네들이
12월의 폭우처럼 쏟아지고 있습니다 아보카도와 절친인

가요? 단맛도 없는, 버터처럼 느리고 미끄러운, 터벅머리 도마뱀 피부로 맨손바닥에 착착 감기는, 새벽의 배앓이는 너의 눈알을 빼내어 고아 먹으면 낫는다는데 나는 너의 눈알을 감히 빼낼 엄두도 못 내 그냥 문가에 세워 두고 바라봅니다 이 세상에 태어난 나의 운명은 바라보는 것 그 외에는 어떤 것도 할 수 없어 스킨십을 못 해 오만한 건 아닐까요 시를 쓰는 내 안에 있는 또 다른 타자를 벌거벗겨 바라보고 옷을 입혀 바라보고 그것은 아름다운 방랑시대 그리움에서 발을 떼면 외로움이 밀려오고 외로움에서 발을 떼면 그리움이 밀려오고 식탁만 한 화석 덩어리가 머리 위에서 지글지글 끓고 있어도 사랑을 생각하는 처량한 이여 이제 가야지 이제 일어서야지 그러면서 또 국을 끓이고 찌개를 데우고 유모차를 하염없이 끌며 우는 너는 누구인가요? 이집트의 단맛은 이러한 가요? 낭만적인 꿈의 회화 얼음 강물 속에 벌거벗은 남녀노소가 쏟아지는 비를 뚫고 폭풍 휘몰아치는 듯한 강물의 속력을 뚫고 걸어가고 있습니다 잠깐 이 장면 이전의 꿈의 장면으로 영사기를 돌려 보겠습니다 고풍스런 한

옥이군요 비단으로 만든 함 속에 보물이 그득 그득 가스 불에 펄펄 끓는 노란 양은냄비 라면 국물처럼 넘치고 나이 든 한 여인이 젊은 한 여인에게 은밀히 부채를 전하고 있습니다 잠깐 다시 이 장면 그 이전의 이전의 장면으로 필름을 원상 복구해 드리죠 P감독은 그런 말을 한 적이 있죠 계엄령이 선포될 거야 배우들은 피로회복의 가벼운 드링크제를 들이켜며 뭐 영화 같은 얘기를 하냐고 배고픈데 순대국밥이나 먹자고 했죠 그런 소소한 이야기를 찍으면 무슨 돈이 되겠냐며 계약과 다르지 않냐며 투자자들은 일제히 의자를 들고 일어섰죠 이미 의자의 다리는 부러져 있었는 걸요 다시 부러지는 일은 없을 거예요 넝마주이들이 다시 부엌문을 두드리기 시작했어요 낭만적인 식사 시간으로 돌아간 저녁 연탄불들은 온전한 삶을 누리고 있는 중이어서 가끔은 하얗게 생을 마감한 뒤여서 벌거벗은 얼음강물 속의 어린 아기들이 면역세포수영을 배우고 부채를 이어받은 젊은 한 여인이 한걸음에 얼음산을 뛰어넘기도 했습니다 안개의 민낯 걸음을 옮길 때마다 그는 자신이 왜 그렇게 쉬지 않고 밤낮으로 일을 해 왔는지에 대해 고개를 숙이며 정면의 숙제를 푸는 듯 골똘해졌습니다 그는 밤낮으로 쉬지 못했습니다 강박증 진단이 내려진 동물원 안의 반달곰처럼 쉼 없이 몸을 움직였습니다 낮에는 시간 강사로 계단을 오르내렸고 밤에는 아직 어린 아기를 돌보기에 여념 없었습니다 언제 쉬어 봤는지 언제 휴가를 갔는지 생각조차 한 적 없이 시간이 흘러갔습니다 일에 지쳐 온몸이 두들겨 맞은 것 같은 통증에 눕지 못하고 앉아서 밤을 꼬박 새웠습니다 유서를 써서 서랍 밑에 고이 둔 적도 있습니다 일에 치여 죽는다더니 정말 그랬습니다 그런데 며칠 전부터 그는 이상해졌습니다 그동안 끈기와 보람으로 하던 시간 강사의 일이 시들해졌고 끈질기게 물고 늘어지던 한 학생의 욕심이 넘치는 집요한 문장력에 아예 질려 버렸습니다 19년간의 강사 생활이 이렇게 한순간에 뜨거운 커피에 녹아 버린 바닐라 아이스크림 같은 안개가 될 줄은 꿈에도 생각하지 못했습니다 그런 조짐이 한두 달 전에 살짝 비치지 않은 건 아니었으나 그렇게 지나가려니 했는데 이번은 달랐습니다 그가 왜 이렇게 일만

하고 있나라는 질문이 끊임없이 샘솟고 있었습니다 그건 그는 누구보다 열심히 살아왔으며 태아의 생명과 탄생을 기꺼이 받아들이고 때로는 스스로 태아 아빠처럼 도망가지 못하는 우둔함을 석기시대 돌도끼처럼 사랑했습니다 그래서 비밀스럽기를 원하는 내면을 인정하고 오로지 배를 곯고 있었던 것입니다 시간 강사료로 아이 하나를 키운다는 것은 대한민국에서 모든 욕심을 버려야 하는 일이기 때문입니다 휴식이라는 기본적인 모자의 차양까지 포기해야 하는 일입니다 국가는 미혼모 차별법을 철폐한다지만 썹다 버린 껌 같은 일입니다 지금은 2563년 사람들은 여전히 하늘을 나는 외제차를 가장 선호하고 우주선을 타고 달나라에 여러 번 갔다 왔습니다 그러나 미혼모에 대한 차별은 여전해서 그는 차별의 노래에 기꺼이 기쁨으로 맞섭니다 그가 운다고 세금이 줄어드는가 그렇지 않습니다 세금은 눈을 뜨면 더 높은 꼭대기에서 그를 내려다보고 있습니다 몇백 년이 안개처럼 흘러갔다 동강처럼 되돌아왔습니다 금강처럼 우뚝 섰습니다 문제는 늘 그였습니다 몇백 년이 눈 깜짝할 사이에 흘러갔지만 이곳에 사는 그들은 인간의 나이를 먹지 않습니다 그는 누구인가 그도 모릅니다 그가 건네준 아이스티를 기억할 뿐입니다 망상해수욕장에서는 바닷속에서 열리는 복숭아나무 찾기 대회가 열렬히 사랑을 받고 있습니다 재회의 순간에 펑펑 울어 눈이 사방으로 튀어 올라온 물고기도 있습니다 파도가 칠 때마다 복숭아 향기가 밀려옵니다 우뭇가사리와 미역국에도, 안개의 일들이 시계탑을 삽시간에 그물처럼 엮어 버렸습니다 슬피 우는 봄 우는 것은 파는 것입니다 우는 것은 우물을 파기도 하고 우는 것은 산 정상을 파기도 합니다 우는 것은 팔을 걷어붙이는 것입니다 우는 것은 피를 팔기 위해 팔을 걷어붙이고 우는 것은 손목을 팔기 위해 팔을 걷어붙이고 우는 것은 손가락을 팔기 위해 팔을 걷어붙이고 우는 것은 손톱을 팔기 위해 팔을 걷어붙입니다 우는 것은 들이미는 것입니다 우는 것은 우산을 들이밀고 우는 것은 교통카드를 들이밀고 우는 것은 몸을 들이밀고 우는 것은 젖은 채 유령놀이입니다 발목이 젖은 채 신발장을 엽니다 허벅지가 젖은 채 속옷 서랍을 엽니다 귀가 젖은 채 면봉을 찾습니다 머리카락이 젖은 채 냉장고 문을 엽니다 우는 것은 총알보다 열 배 빠른 걸음걸이 놀이입니다 피용피용 총알이 못 따라옵니다 (어림값도 없습니다) 거기에는 총알이 갈 수 없는 나라 (단, 몸 안에 박힌 총알은 예외입니다) 열 시에는 이 집을 나가야 합니다 다음 날 열 시에는 이 집에 없습니다 다다음 날 열 시에는 더더욱 이 집에 없습니다 다다다음 날 이 집에는 더더더욱 이 집에 있을지도 모릅니다 크리스마스트리 12월 2일 조금 일찍 별을 낳았어 아름다운 별들이 가득 차서 말이야 진통도 없이 쑥 미끄러져 나오는 게 아니겠어 손을 넣자 별들이 키득키득 간지럽다고 웃었어 동맥에도 정맥에도 간에도 횡격막에도 별들이 숨바꼭질하고 있었지 내가 술래야 네가 술래야 무궁화꽃이 피었습니다 무궁화꽃이 피었습니다 죽은 동생 부기가 되살아나고 죽은 친구 원동이가 되살아나고 엄마가 살아나고 아빠가 살아나고 부활절도 아닌데 너도 나도 별들처럼 반짝이며 살아나 얼마나 기쁜지 밤새 별들이 보송보송 푸우 털 귀마개를 하고 골목길마다 뛰어다니고 별천지는 바로 여기 우리가 살고 있는 땅, 하늘도 저 너머도 아닌 바로 여기 내가 살고 있는 바로 여기, 키득키득 빨래방마다 은빛 코인이 가득 쌓여 있고 분홍 솜사탕이 바람결에 날아다니네 야자나무들이 어깨를 맞대고 떡볶이를 먹고 별들아 기쁜 우리들의 별 개사랑 문고 가는 길 이 버스도 놓치고 저 버스도 놓치고 이 계획도 놓치고 저 계획도 놓치고 그래도 목숨은 놓치지 않고 같이 걸어가고 있습니다 어떤 영화에서 그림자를 뛰어넘으려고 했던 배우가 생각났습니다 그가 콧수염을 달고 있었는지 잘 모르겠습니다 어벙벙한 슈트를 입고 있었는지도 잘 모르겠습니다 그저 기억나는 건 그가 하염없이 자신의 그림자를 뛰어넘으려고 했다는 것 그걸 보면서 저는 냉동실 냄새 나는 식빵을 식도로 욱여넣었습니다 처음부터 신선한 산소 따위는 갖고 있지 않은 것 같은 쉰내 나는 옥수수차를 마셨습니다 주문한 책이 와 있다는 전화를 받았습니다 쌀 사기도 힘든데 책은 뭐 하러 주문했을까 그래도 후회하지 않으니까 눈썹이 一자로 그려진 깜찍한 월남인형이 말했습니다 월남전에 간 삼촌 죽은 지가 언제

인데 인형은 그저 말갛게 웃고 있습니다 그건 그렇고 ooxx 책 찾으러 왔는데요 광견병 예방접종 확인증 갖고 오셨나요? 네 여기 있어요 개사랑 특별기간이라 주문 도서에 한해서 50% 할인해 드립니다 고맙습니다 할인이 많이 되네요 46kg 창자를 꺼내 개와 나누어 먹었는데 개가 다시 23kg 충전해 주었습니다 고맙다 개야 종강 어제의 거센 비바람은 저 멀리 밀려나간 방충망에 흔적을 남겼습니다 오전 일찍 백팩에 가래침 같은 누르스름한 양배추와 흰 딸기 우표와 바다소금물결이 남아 있는 보랏빛 리본 줄을 챙겼습니다 그리고 이매 탈과 죽은 자의 전설도 잊지 않고 챙겨 넣었습니다 마을 정류소에 죽은 자의 마차가 기다리고 있었습니다 999와 666으로 뒤덮인 천막이 휘장으로 드리워져 있었습니다 길가에 시신들이 나뒹굴었습니다 검은 긴 나무 의자에 웅크리고 신음하던 음악들이 고름처럼 빠져나갔습니다 파리바게트는 문이 열려 있습니다 아메리카노 한 잔요 따뜻한 거 드릴까요 예 2000원입니다 로미오 피자집에 문이 열려 있습니다 피자 한 판에 몇 조각인가요 사이즈에 상관없이 8

조각입니다 밖으로 나와 다시 걸었습니다 전깃줄 사이로 오래된 초등학교 오렌지빛 뒤통수가 보였습니다 생크림 소보로빵 같은 머리를 한 귀여운 아기가 지나갔습니다 새들이 떠들고 똥을 함부로 쌌습니다 다시 안동 하회마을처럼 돌고 돌아 줄리엣 피자집에 갔습니다 초등학교 3,4학년 아이들은 무슨 피자 좋아하나요 여기 햄 들어간 거요 슈퍼슈프림 피자군요 라지로 두 판 주세요 8×2=16 빛보다 빠르게 숫자가 지나갔습니다 화요일이라 40% free입니다 운이 좋습니다 때로는 이렇게 죽기 전에 할인도 받고 아니 이미 죽었나요 그럼 저 검은 옷을 입은 직원은 나와 같이 관 속에 누워 있는 것인가요 15분쯤 기다리세요 나는 무거운 검은 고릴라 백팩을 창가에 내려놓고 창밖을 보려고 하지만 모두 검은 천으로 드리워져 있습니다 깜깜한데 대낮처럼 밝습니다 태양이 백 개 아니 천 개나 있는 듯한데 이상하게 하나도 뜨겁지 않습니다 그러면서도 해가 하나도 없는 것처럼 칠흑입니다 여기 피자 나왔습니다 김 서린 피자들의 긴 혀를 어깨에 매달고 뱀처럼 구불구불한 골목과 팔찌처럼 둥근 인도를 걸었습니다 아이들은 아직 오직 않았습니다 한 아이가 유령처럼 나타났다 사라졌습니다 화장실에는 금발의 유령이 잠옷의 맨발로 양치질을 하고 있습니다 거울 속에 나는 보이지 않습니다 이럴 줄 알았어 이번 생은 망했다는 걸 오래전부터 알고 있었으니 새삼스러울 것도 없습니다 그나저나 피자를 먹어야 하는데 아이들은 오지 않고 김 서린 피자들의 긴 혀들이 스물스물 기어 나와 검은 도서관을 돌아다닙니다 오렌지빛 꽃들이 천장에서 혀를 길게 뻗어 내 귀를 끌어당기고 아직 333은 오지 않고 있는데 아직 444는 오지 않고 있는데 사방은 환했다가 깜깜하고 블루 바다와 블루 별과 블루 안개가 번갈아 레드 문을 두드리다가 사라집니다 호흡 코끼리 아내가 있었습니다 바위를 황금으로 만드는 기술을 가지고 있었습니다 그의 집 앞에는 새벽마다 전국의 동물들이 자신들의 아내를 데리고 왔습니다 단 한 사람 산을 기어서 온 사람이 있었습니다 태어날 때부터 버려졌다고 합니다 쓰레기통을 뒤지며 여기까지 왔다고 합니다 전염병에 걸려 죽을 뻔하기도 했다 합니다 단 한 사람은 코끼리 아내 옆에 섰습니다 그리고 여기까지 오는 동안 바위를 황금으로 만들었다고 하며 배를 가르고 황금을 쏟아냅니다 창자 하나 없이 깨끗한 배입니다 자오선의 꽃밭 수레바퀴 꽃을 심습니다 촘촘히 바람결에 흔들리는 꽃들의 줄기 보랏빛 까치가 나뭇가지를 물고 지평선으로 날아갑니다 방금 전까지 살아 숨 쉬던 날갯 죽지가 옥상의 턱에 둥근 평면으로 걸쳐져 있습니다 핏방울이 뚝뚝 떨어집니다 방금 타원형의 거울 하나 없이 내가 벗겨낸 내머리 가죽이 그러하듯 영국의 옥상은 널찍하고 깨끗합니다 티 없이 맑은 자작나무 평상 평생 손으로 쓸어도 초미세먼지 한 올 물결 일지 않을 듯한 영국의 어머니는 티없이 맑은 피부를 가지고 있습니다 영국이라는 이름은 다 그래 가끔 주근깨가 섞여 있는 참깨 비스킷은 둥글고 반달입니다 지리산 반달곰은 천정을 가르는 화살 쯤이야 툭, 야성의 두 손으로 부러뜨리지요 수리부엉이 미래의 도서실에 머나면 외계인이 오셨습니다 더우니까 다른 교실로 옮기자 우리는 영어체험실로 자리를 옮겼습니다 에어컨이 빵빵하게 잘 나왔습니다 영어 자막 영화가 시작되었습니다 한 외계인의 손이 한 외계인의 손에 직접적으로 닿는 장면의 영화였습니다 손들은 손들을 잡으며 실실 웃었습니다 관례라고 했습니다 전 정부 요원이라고 했습니다 축구는 이기고도 졌습니다 돔 경기장은 지붕을 열었다가 닫았습니다 거리의 차들은 모두 수면제를 들이켰습니다 그렇게 한 삼백 년 흘러갑니다 교육용 텔레비전에 영어 자막이 사라졌습니다 찌지직 맨살 찢어지는 소리가 에이비씨디이에프쥐 배롱배롱배롱나무입니다 직접적이고 의도적인 손들이 백일홍 나뭇가지 사이로 흘러 다닙니다 동백나무의 비밀 고양이들의 무덤이었습니다 여덟 개의 무덤이었습니다 고요한 무덤이었습니다 오전의 햇살이 감물처럼 감도는 무덤이었습니다 택시 한 대 서고 한 사람 뛰어가고 자가용 한 대 서고 한 사람 뛰어내리고 죽은 고양이들의 눈동자는 잿빛 거리, 나는 그것을 볼 수 있습니다 많은 것이 보여 힘들 때가 많습니다 지금도 늘 그러합니다 그러나 예전보다 힘들지는 않지요 적어도 죽음은 생각하지 않으니까요 (글쎄요 갸우뚱 정말 그럴까요) 드뎌 흰 낮달이 떴습니다 해룡구름 기쁘게 스쳐 지나갑니다 (글쎄요 갸우뚱 정말 그럴까요) 봉고차가 한 대 인도로 뛰어듭니다 문이 열리고 피어싱 한 수많은 새해의 쥐들이 쏟아집니다 고양이들의 무덤이 들썩거립니다 역시 죽음에는 생입니다 수박의 인간화 수박은 접시 안에서 고용합니다 누구를? 인간의 손가락을 툭툭 토막 냅니다 왜? 글쎄요 수박의 감정은 달고 붉습니다 대형 냉장고마다 그렇다고 표시를 해 두었습니다 소형 냉장고에도 표시를 해 두었습니다 건들지 말라구요 배가 산더미처럼 불러 온 복수–수박의 붉은 원액이 쏟아져 누나의 집으로 배달되기를 원치 않다면 수박은 자율화되었습니다 뚝방에서 무장 해제되었습니다 수박 껍질처럼 두꺼운 비웃을 스삭스삭 썰 수 있는 생명의 종은 다양하지요 팔뚝의 힘이 세지 않아도 가능합니다 전근대적인, 전획일화적인 사유들이 스스로 수박의 미래 밖으로 멀어집니다 가까이 오게 하려면 이슈를 굽습니다 이슈를 풍깁니다 이슈를 건드립니다 이슈를 통째로 잡고 뒤흔듭니다 누런 기름종이 봉투 속에 든 치킨과 양념 소스처럼요 오, 가엾은 푸어!

그러나 누가 핫하게 한번 돌아볼까요 가 버리면 그뿐 돌아오는 것도 그뿐 무용지물이라면 계산 빠른 공기조차 없겠지요 글자도 모양도 색깔도 냄새도 사라진 이것 인간이여, 수박의 조형물이 되신 것을 축하드립니다 기·꺼·이·쿰의 교집합 우리는 죽어 갑니다 다양한 방식으로 우리는 살아갑니다 다양한 방식으로 우리는 견딥니다 다양한 방식으로 다양한 이 허리를 비틀어 고양이가 됩니다 고양이는 일을 나갑니다 고양이는 김치떡국을 먹습니다 고양이는 마스크를 씁니다 고양이는 목을 비틀어 양고기가 됩니다 양고기는 소독제를 바릅니다 양고기는 거리를 걸어 다닙니다 양고기는 지하철을 탑니다 양고기는 뒤통수를 비틀어 다시 고양이가 됩니다 다시 고양이는 손목을 톱으로 자릅니다 다시 고양이는 발목을 톱으로 자릅니다 다시 고양이는 국민훈장을 받습니다 국민훈장은 국민훈장을 비틀어 곧 민주주의가 됩니다 곧 민주주의는 곧 민주주의의 겨드랑이에 집을 짓습니다 곧 민주주의는 곧 민주주의의 가랑이에 황토집을 짓습니다 곧 민주주의의 굴뚝에 연기가 연기가 연기가 쿰

은 험한 골짜기이기도 하고 품삯의 방언이기도 합니다
별들이 옵니다 검은 복면의 별이 먼나무 거리를 달립니
다 스티로폼 별이 새벽의 공기를 찢으며 총총걸음 칩니
다 별이 보자기를 던지며 푸른 상여를 이고 가는 별이 흰
소복의 별을 태웁니다 검은 상어가 감빛 바닷속에서 어
린 별을 건져 올립니다 서랍 속의 별들이 바지를 주춤 입
다 말고 덜렁거리며 거리로 뛰쳐나갑니다 담배 연기를
후 내뿜자 수억 개의 별들이 고양이로 태어납니다 금강
붉은실지렁이 별들이 설겅설겅 기어 나옵니다 비자금
의 별들이 죽은 물고기 별을 물고 별은 별을 불태웁니다
별들은 지하에서 불타 버린 별을 휘젓습니다 별들이 별
들을 흔들어 깨웁니다 거품기로 휘젓습니다 흰 계란 거
품 별이 부드럽게 캐럴송처럼 흘러내립니다 별이 별과 걷
다 말고 별을 뒤돌아봅니다 송년의 별 속에서 별이 별들
을 불러 일렬로 줄 세웁니다 성폭력으로 죽은 별들이 관
뚜껑을 열고 나옵니다

# 단숨에 터져 나온 세계

김참(시인)

**1**

송진 시인의 시집 『시체 분류법』을 읽다가 그가 음악을 들으며 시를 쓸 거라는 추측을 해 본 적이 있다. 궁금해서 직접 물어보기도 했다. 혹시 음악 좋아하시냐고? 그렇다고 했다. 음악을 들으며 시를 쓰는지 물었던 것 같기도 하다. 그렇다고 들었던 것 같다. 나도 음악을 들으며 시를 쓰기 때문에 묘한 동질감을 느꼈던 것이다. 시인이 듣는 음악을 상상해 보기도 했다. 록이나 재즈가 떠오르기도 했지만 그런 음악보단 클래식을 많이 듣는 것 같고, 그것도 실내악이나 독주곡을 주로 들을 것 같다는 느낌이 들었다.

이번 시집에 수록된 시들을 읽으며 내 추측이 틀리지 않았음을 확인할 수 있었다. 자신의 시에 대해 "피아니스트 백건우 라벨의 곡을 들으며 단숨에 써 내려가다가 중간에 약간 버벅거리다가 써 내려간 글"(「에그노그」)이라고 전하는 시인의 말처럼, 송진의 시에는 다채로운 배경음악이 깔려 있다. 시인이 시를 쓰면서

들었던 음악을 친절하게 안내해 주는 작품도 심심찮게 만날 수 있다. 리히터가 연주한 라벨의 음악을 들으며 쓴 「트란스라피드」, 백건우의 연주를 들으면 쓴 「진달래꽃 나라」와 「어제의 시」, 미샤 마이스키의 첼로 연주를 들으며 쓴 「소쉬르를 사랑하다」와 「명가」, 하춘화의 '낭랑 18세'를 들으며 쓴 「시간의 기록자」, 비틀즈를 들으며 쓴 「신어산」 등이 그렇다.

그렇다면 배경음악을 밝히지 않은 시들은 음악을 들으며 쓴 게 아닐까? 개인적인 추측이지만, 이번 시집에 수록된 대부분의 시들은 음악을 틀어 놓고 쓴 것이라 생각된다. 배경음악을 일일이 밝히고 있진 않지만, 읽어 보면 감이 온다. 시가 음악에 가까운 느낌을 주기 때문이다. 그가 어떤 음악을 들으면서 시를 썼는지 알 수는 없다. 어떤 음악을 들으며 시를 썼는지 꼭 알아야 하는 것도 아니다. 송진의 시가 음악에 가깝다는 것, 그것이 중요하다. 송진의 시를 읽다 보면 시에서 어떤 소리가 들린다. 그런 시들은 의미보다는 발화자의 미세한 감정 문제를 생각하면서 읽어야 한다. '신들린 목소리' 같은 것도 종종 들려온다. 마치 다른 세계에 속한 자들이 들려주는 듯한 목소리, 그런 목소리가 들려오는 것이다.

어제는 흘러갔다고 하나 나는 오늘의 의자에 앉아
어제를 쓰고 있으니 아직 어제는 어제로 남아 있고 오
늘은 왔으나 아직 어제의 침대에 누워 있으니 내일은 오
늘의 침대에 누워 내일을 기다리고 있어라 내일은 어제
의 손톱을 기웃거리고 오늘은 어제의 손톱을 기웃거리
니 내일은 다시 내 일을 불러오고 오가는 사람 정신없
고 황망하여라 발밑에 어제의 거미가 죽어 있고 고목의
구멍마다 검은 박쥐우산이 박혀 있고 저건 저격이다 저
건 고의다 저건 저녁나무의 숨구멍을 틀어막는 일 저건
새벽 고목에 고인 빗물을 먹으러 온 새들이 발길을 되돌
리는 일 공중에서 날개를 한없이 퍼덕거리며 빗물을 마
시기 위해 날개를 한없이 퍼덕거리고… 그리고 또 무엇
이 있는가 사람의 일이여 이미 새들에게 세 들어 사는
사람의 일이여 이미 그런 것을 저 검은 박쥐우산의 운명
이 꼭 저것만은 아닌 것을 검은 밤 휴대폰 발광을 들여
다보며 지나가던 한 남자아이가 구름 옷자락 흘깃 쳐다
보고 다시 발광을 따라간다

—「어제의 시」전문


우리가 접할 수 있는 시는 보통 의미 전달을 중요시
한다. 음악적 효과를 고려하지 않는 것은 아니지만 부
수적인 것으로 생각하는 경우가 많다. 그렇지만 그 반

대편에 있는 시도 있다. 음악적 효과를 강조하고 의미 전달을 부수적으로 생각하는 시, 이런 시를 쓰는 시인들은 소수이고 그렇기 때문에 그들은 비주류이고 고독하다. 그들은 때때로 시의 음악성을 살리기 위해 의미를 버리기도 한다. 의미 전달보다는 음악성을 중요시하는 시는 보다 근원적이고 본질적인 세계를 향하고 있다. 송진의 시가 그렇다.

「어제의 시」는 작품 아래에 밝히고 있듯이 백건우가 연주한 베토벤의 피아노 소나타 '월광'을 배경음악으로 쓴 시다. 시에 나타난 사유나 관념에 대해서 이야기할 수도 있지만, 독자의 몫으로 남겨 두고 싶다. 시간에 대한 문제, 사물에 대한 문제, 삶에 대한 문제, 언어 문제와 함께 시에서 읽을 수 있는 발화자의 감정 문제도 생각해 볼 일이다.

이번 시집에 수록된 대부분의 시가 음악적 자질을 잘 드러내고 있지만 위의 시는 그 가운데에서도 리듬감이 무척 돋보인다. 리듬은 반복을 통해 만들어진다. 소리 반복, 시어 반복, 구와 절의 반복, 문장 반복, 그리고 반복의 단조로움을 피하기 위해 반복하면서도 변화를 주는 것이 리듬을 만드는 중요한 방법이다. 위의 시에는 그런 방법들이 잘 나타난다. 압운을 잘 살리고 있고 펀pun을 통해서도 리듬을 만들어내며 반복과

변주를 잘 활용하고 있다. 작품 분석을 통해 하나하나 살피는 일은 피하고 싶다. 시를 읽으면서 충분히 느낄 수 있기 때문이다. 송진의 시는 놓치지 말아야 할 가장 중요하고 본질적인 것, 그러나 많은 시인이 놓치고 있는 가장 핵심적인 것을 결코 놓치지 않는다.

시에서 음악적 자질이 중요하고 리듬감을 살리는 게 중요하다는 것은 누구나 아는 것. 그러나 시에서 음악성을 살리는 일이 쉬우냐고 물어보면 그렇지 않다고 답하고 싶다. 어려운 일이기도 하지만 시도조차 하지 않는 경우가 허다하기 때문이다. 리듬을 통해 음악성을 확보하는 것은 작시의 기초공사에 해당하지만, 기초공사도 하지 않고, 건축을 하는 시인들이 얼마나 많은지 아는 사람은 안다. 우리는 리듬을 고민하지 않은 시들이 넘치는 시대를 살고 있지 않은가. 지어놓은 건물은 많은데 기초가 부실해서 무너지기 쉬운 건물들이 넘쳐나는 세계를 살아가지 않는가?

사유가 빈약한 시는 좋은 시가 아니라는 말들을 나는 믿지 않는다. 시의 뼈대는 사유가 아니라 음악이다. 거기에 자신의 감정을 담고 자기의 목소리를 담는 것이다. 그 외에 무엇이 있는가? 뼈대가 튼튼한데 거기에 어떤 살을 붙이지 못할 것인가? 문제는 뼈대도 안 만들어 놓고 살만 붙이려고 하는 태도다. 뼈대에 단단히 붙어 있는 살점들은 잘 발라 먹으면 좋겠지만, 뼈에서 우러나는 국물까지 마시면 좋겠지만, 그것도 제대로 된 뼈가 있을 때나 가능한 일이다. 시인지 음악인지 구별하기 어려운 시, 나는 그런 시가 제대로 된 시라고 생각한다. 송진 시인이 그동안 써 온 시가 그렇고 이번 시집에 수록된 시가 그렇다. 그는 시의 뼈대가 음악이라는 점을 너무도 잘 알고 있다.

신비하고 기이한 세계를 탐구했던 일련의 문예사조가 문득 떠오른다. 낭만주의에서 상징주의로, 상징주의에서 다시 초현실주의로 이어지는 흐름이 그것이다. 송진의 시는 이 흐름의 어디쯤에 해당하는지 생각해 본다. 초현실주의에 가까운 것일까? 그럴 수도 있다. 송진의 시는 자동기술법을 떠오르게 하는 지점이 많기 때문이다. 하지만 극단적 초현실주의 노선을 선택한 것 같지는 않다. 그의 시에는 일상 공간이 종종 노출되고, 그 공간에 위치한 화자의 일상이 드러나고, 때로는 시 쓰는 시인 자신이 노출되는 자기반영성도 나타나기 때문이다. 그렇다면 송진의 시는 상징주의에 가까운 것일까? 그것도 아닌 것 같다. 송진의 시는 상징주의 시처럼 음악성이 극도로 강조되지만, 상징주의와는 거리가 있다는 생각이 든다. 이 세계의 신비나 숨겨진 의미를 탐구하는 시도 있지만 그런 탐구가 송진 시의 본질적인 측면은 아니기 때문이다. 그렇다면 상징주의와 초현실주의의 중간쯤에 해당하는 것일까? 이런 질문이 쓸데없는 것은 아니겠지만, 그의 시를 감상하는 데 꼭 필요한 것은 아닐 것이다. 송진의 시를 특정한 범주에 집어넣는 일은 쓸데없는 일이 될 수 있다. 오히려 이것은 시인가? 아니면 음악인가? 하는 질문이 더 유의미할 것 같다. 양자택일을 하라면 나는 그의 작품이 시보다 음악에 더 가깝다고 말하고 싶다.

### 2

송진의 시는 초현실주의 문학에서 흔히 사용했던 자동기술법을 연상하게 하는 지점이 많지만 해석을 거부하는 난해한 시는 아니다. 단일한 해석을 거부하는 중층적인 시이고 때때로 해석하기 어려운 시일 수는 있다. 어떻게 하면 그의 시를 잘 읽고 잘 이해할 수 있을까? 그의 시를 잘 읽는 방법 하나를 소개하는 것이 해설이라는 꼬리표가 붙은 이 글이 해야 할 최소한의 역할이라고 생각된다. 시집에 수록된 작품을 두루 살펴보지 못하는 것이 아쉽긴 하지만 열쇠 하나쯤은 남겨 두어야 할 것이다. 그러나 처음부터 답을 알려 주는 것은 재미가 없을 것 같다. 우선 변죽을 좀 울리는 것이 좋겠다.

송진의 시에서 들려오는 목소리들은 때때로 신들린 무당의 주문처럼 느껴진다. 접신한 무당은 신의 목소리를 우리에게 전해 준다. 그렇다면 신은, 그리고 무당은 대체 우리에게 무슨 말을 하는가? 그 전에 대체, 신은 있기나 한 것인가? 그리고 신이 있다면 대체 어디에 있는가? 이런 것도 따져 볼 필요가 있다. 거두절미하고 말하자면 신은 있다. 어디에나 있다. 송진 시의 화자들이 성소에 위치한 무녀가 아니라 세속적이고 일상적 세계에 자리하듯이, 신은 세속적이고 일상적인 세계에 있다. 우리와 함께. 그렇다면 신은 우리에게 무슨 말을 하는가? 아주 다양한 말을 한다. 중요한 말도 하고 쓸데없는 말도 하고 알아들을 수 없는 말도 하고, 알아들을 수 있는 말을 하기도 한다. 신의 말은 사실, 음악과 비슷하다.

그가 소쉬르에게 관심을 갖게 된 것은 우연이었다 오년 전 여름 7월 23일 대서大暑 뙤약볕 아래 동료들과 맨홀 공사를 마치고 숙소로 돌아와 잠이 들었는데 꿈에 키우던 개들이 줄줄이 사탕처럼 나타나 대가리를 그의 입안에 들이박고 목젖을 뜯어 먹는 것이었다 그는 소리

를 지르고 발버둥을 쳤지만 온몸은 피투성이가 되고 곧
축 늘어져 시체가 되는 꿈이었다 꿈에서 깬 그의 이마
는 땀투성이였다 피를 보고 시체를 보았으니 길조 쪽으
로 마음을 돌리려고 애썼지만 마음 구석 한가운데는 별
안간 연기가 모락모락 피어오르는 듯했다 휴대폰이 울
렸다 박 군이라고 떴다 박 군은 그가 어렸을 때 아버지
가 데려온 고아다 동네 사람들은 아버지 아들이라고 수
군거렸다 여보세요? 그런데 그의 목소리가 밖으로 나오
지 않았다 여보세요? 목소리가 밖으로 나오지 않는다
여보세요? 목소리를 잃은 사람이 된 사실이 점점 명확
해져 갈 무렵 비가 내리고 닭들이 무더기로 푸른 트럭
에 목소리가 실린 채 사라졌다 그가 자신의 목을 자신
의 손등에 등나무처럼 휘어 감고 소쉬르의 집을 찾아갔
을 때 소쉬르의 서랍 속에는 메모가 한 장 달랑 놓여 있
었다 '어서 목소리를 찾아 나에게 오게'

—「소쉬르를 사랑하다」전문


　　미샤 마이스키의 첼로 연주를 배경음악으로 쓴 이
시는 송진 시의 비밀을 푸는 중요한 열쇠처럼 보인다.
꿈을 배경으로 하고 있기 때문에 환상적인 느낌을 주
지만, 꿈이나 환상을 통해 시적 상상을 펼치는 경우가
이번 시집에도 종종 나타나지만, 이것이 송진 시인이

주로 쓰는 기법은 아니다. 그렇다면 송진의 시에서 시적 상상력은 어떻게 펼쳐지는가? 이런 의문이 생긴다면, 이 장황한 글을 끝까지 읽어야 한다.

화자와 시인은 별개의 존재지만, 시인은 가면을 쓴 화자를 통해 자신이 하고 싶은 말을 한다. 시적 화자인 '그'가 소쉬르에 관심을 갖게 된 사연을 이야기하고 있지만, 사실은 시인이 소쉬르에 관심을 갖게 된 사연을 알려 주는 시라고 생각된다. 이 시는 오 년 전 대서 무렵에 "뙤약볕 아래 동료들과 맨홀 공사를 마치고 숙소로 돌아와 잠이 들었는데 꿈에 키우던 개들이 줄줄이 사탕처럼 나타나 대가리를 그의 입안에 들이박고 목젖을 뜯어 먹"던 꿈을 꾸었다는 이야기로 시작된다. 악몽에 가까운 꿈을 꾸던 그가 "소쉬르의 집을 찾아갔을 때 소쉬르의 서랍 속에는 메모가 한 장 달랑 놓여 있"고 그 메모엔 "어서 목소리를 찾아 나에게 오게"라는 말이 남겨져 있다. 그 목소리를 찾아야 하는 이는 누구인가? 육체노동을 하는 '그'인가. 아니면, 그의 가면을 쓰고 있는 시인인가? 이 꿈은 과연 누가 꾼 꿈인가?

이 시에서 우리가 관심을 가져야 할 문제는 이 시의 화자가 소쉬르에 관심을 가지게 되었다는 점이다. 하필이면 왜 소쉬르일까? 소쉬르는 언어를 랑그(의미)

와 빠롤(소리)로 구분했다. 송진은 이 가운데, 부려 쓰인 말인 빠롤에 더 큰 관심을 가지고 있다. 물론 랑그에 무관심한 것은 아니지만, 그는 소리 그 자체에 더 큰 관심을 가지고 있다. 물론 이 시에서 그런 태도가 전적으로 나타나는 것은 아니다. 언어의 음성적 측면에 대한 관심은 이번 시집 전체에 걸쳐 아주 강하게 나타나고 있다. 시적 언어의 음성적 측면에 대한 탐구가 이번 시집의 중요한 관심사이기 때문이다. 시인이 랑그보다는 빠롤에 더 관심을 기울이는 이유는 무엇인가? 그리고 소쉬르가 찾아야 한다고 메모해 놓은 '목소리'의 의미는 무엇인가? 화자의 꿈에서 소쉬르는 목소리를 찾아오라고 했다. 목소리는 랑그가 아니라 빠롤이다. 화자가 찾아야 하는 것이 왜 의미가 아니고 소리일까? 이 지점에서 우리는 시의 근원적 모습을 생각해 볼 필요가 있다.

시의 원형은 노래였다. 노래는 의미를 전달하기도 한다. 그러나 놓치지 말아야 할 부분. 노래에서 의미 전달보다 중요한 것이 있다는 점. 그것은 가창자의 감정 전달 문제다. 노랫말의 의미는 같은 언어를 사용하는 사람이라면 누구나 알 수 있지만, 우리의 마음에 울림을 주는 노래는 가수의 목소리가 우리와 귀와 공명을 일으켜 우리를 떨게 하는 노래다. '목소리'는 노래하는 이의 감정과 혼을 실은 것이다. 송진의 시가 의미 전달보다는 음악에 가까워지려는 시도를 하는 이유도 이와 무관하지 않을 것이다. 송진은 언어의 의미보다는 소리, 언어의 음악적 면, 순간적으로 발생하는 감정에 더 관심을 가지고 있다. 의미 있는 언어를 생산하기보다, 언어 그 자체가 만들어내는 소리의 결에 더 관심을 가지는 것이다. 그렇기 때문에 송진의 시는 아방가르드에 가깝다. 군사 용어인 아방가르드는 첨병을 의미한다. 아직 파악되지 않은 적진에 먼저 들어가서 적의 동태를 파악하는 첨병은 늘 본대의 앞에 위치한다. 시집에 수록된 시에서는 상당히 독특한 기법 하나가 발견된다. 펀pun을 통해 리듬을 만들어내는 기법이 그것이다. 이 기법은 상당히 전위적이라고 생각된다. 송진의 시에서 펀은 단순한 말놀이가 아니라 시의 리듬과 음악성을 견인하는 중요한 장치가 되기 때문이다.

부상열차를 타고 부상을 당한 채 부상을 찾아가는 중이었어 해가 뜨는 동쪽 바다 속에 있다고 하는 상상의 나무 말이야 부상당한 그 나무의 이름이 부상이라니 기가 막혔어

—「트란스라피드」부분

알프스에서 온 문이라고 했다 그래서 나는 알프스에서 뜨는 달이 따로 있는 줄 알았다 그는 moon이 아니고 알프스에서 온 물이라고 했다 (중략) 새벽은 되었지만 마음은커녕 미음도 제대로 챙겨 먹지 못했다 (중략) 누군가 잿빛 빈 의자 위에 제비빛 보온병을 두고 갔다

—「무문관」부분


그게 무엇이든 내버려 둬 옳다고 우기지 않았으면 좋겠어 (비겁한 눈물은 왜 흐르기 시작하는 거야) 언어의 물기가 우기가 되기 십상이지 우기가 우기는 순간 침대는 삐걱거리고

—「외국어 채널」부분


다이소에 들어가서 태풍 다나스와 자동차 다마스를 만났습니다 (중략) 인도 바닥에 떨어진 연둣빛 대추들 인도 사람 두 남자가 비유 말고 진짜 대추나무 열매를 따 먹고 있었습니다

—「윤리」부분


「트란스라피드」에서 '부상'이라는 말이 가진 의미는 세 가지다. 트란스라피드가 의미하는 부상열차의 '뜬다'는 의미, 해가 뜨는 동쪽에 있다는 나라, 혹은

그 나라에 있다는 나무, 그리고 몸에 상처를 입는 일인 부상이 그것이다. 「무문관」의 문과 moon과 물, 마음과 미음, 잿빛과 제비빛, 「외국어 채널」의 우기와 우기기. 「윤리」에서 다이소, 다나스, 다마스, 인도 등에서 확인되는 것처럼 송진은 때때로 동음이의어를 통해, 때로는 유사한 소리를 통해 꼬리에 꼬리를 무는 말놀이를 시도한다. 인용한 시를 제외하고도 이번 시집에서 말놀이를 통해 시적 상상을 전개하는 작품이 폭넓게 발견된다. 동음이의어나, 유사한 소리를 반복하는 말놀이는 종종 시의 뒷부분에서 다시 반복되거나 변주된다. 이런 장치들이 연상에 의해 발생한 이미지들을 이어 나가는 방법과 겹쳐지며 묘한 음악적 효과를 만들어낸다. 시인은 동음이의어나 소리가 비슷한 말의 연쇄적 나열을 통해 단순히 편 효과만 노린 것일까? 표면적으로는 그럴 수도 있지만 나는 이 장치가 송진 시에 나타나는 일련의 연상적 장치에 포함된다고 생각한다. 이 연상적 장치에 의해 시의 음악성은 한층 더 강화된다. 아직까지 별로 시도된 바 없는 이런 전위적 기법이 송진 시의 매력을 한층 더 강화하고 있다. 변죽은 충분히 울렸으니 이제는 답을 이야기할 차례인 것 같다. 아니, 이미 답은 이야기한 것 같다. 이번 시집에서 시적 상상을 전개하는 가장 중요한 방법은 '연상'이다. 시에서 이미지를 만드는 방법은 다양하지만 송진 시의 이미지는 주로 연상에 의해서 이어지고 있다. 이 기법이 이번 시집의 시적 상상력을 견인하고 있는 것이다.

상큼이와 구름이와 던킨도너츠에 들어갔습니다 아름다운 오르골이 춤을 추며 반겨 주었습니다 〈콧대높은눈사람〉과 〈첫눈엔레드벨벳〉이 순식간에 사라졌습니다 눈 녹듯이 말입니다 알프스 언덕을 오르던 오르골의 음악도 털 없는 양처럼 추워 보였죠 인서트insert를 잘못 누르면 자꾸 사라지는 글자처럼요 오란다를 먹으며 오르골을 생각했어요 오골오골 오골계도 생각했어요 어, 그러고 보니 계림여관도 생각났어요 어느새 신라의 달밤까지 (중략) 성탄절 아침에는 함박눈이 안 와요 평평 울면 함박눈이 평평 내리죠 평평 평평 평평 평평 카드 평평 영화표 평평 셰프 평평 강아지 평평 흰 눈이 내려요 무료음원사이트 산타곡이 평평 내려요 낭랑 18세 투표권 달라고 함박눈이 흰 눈썹 삽으로 뜰 때까지 평평 내려요 (중략) 문득 그런 생각이 들었어요 고산 스님 일대기 읽다가 석남사 나오기에 표충사 떠올랐고 표충사 나오길래 혼자 걸어갔던 겨울숲 내원사가 떠올랐죠 미끄러운 징검다리 건널 때 맑은 얼음 아래 물고기 맑은

얼음 아래 물고기 그 물고기가 내 인생이 되어 버렸어요
동백이 동백일 때 아름다워요 물고기는 물고기일 때 아
름답지요 얼음 밑에 물고기 얼음 밑에 물고기… 아, 오
늘은 이 시를 끝내고 싶지 않아요… 그러나 나는 야간
수업을 가야 해요… 그래서 이만 적어요 안녕… 아름
다운 언어들의 귀퉁이에 물고기 화석처럼 박혀 걸어가
요… 사랑하는 언어들… 두 눈 초롱초롱 초록물 길어
가요 안녕 초롱아 안녕 이 초롱이 안녕 저 초롱이 안녕
매초롱이 메꽃 메뚜기 메주 메추리알… 오늘은 잠들지
않고 밤하늘 위로 활을 활을 할을 할을…

　　　　　　　　　　　　　　　—「시간의 기록자」 부분


　'콧대높은눈사람'과 '첫눈엔레드벨벳'은 던킨도너츠
의 겨울철 도넛인 것 같은데 도넛에 붙인 이름이 예사
롭지 않다. 시인은 이 시적인 작명 감각에 주목한다.
여기서 시작된 연상은 시가 끝날 때까지 이어진다. 이
시에 나타난 연상의 고리들은 다양하다. 그리고 이 고
리들은 독특한 리듬을 만들어내며 음악적 세계를 향
해 나아간다. 알프스 언덕을 '오르던'에서 시작된 '오
르던'과 '오르골'의 라임. 오란다와 오르골에서 다시 오
골계로 이어지는 라임은 느닷없이 계림여관으로 이어
진다. 왜 갑자기 계림여관인가? 오르골에서 '르'를 빼

면 '오골'이다. 그러니까 '오골오골'은 '오르골'을 이어나가는 소리가 된다. 오골계는 닭이다. 이 오골계 울음이 계림여관을 떠오르게 하는 것이다.

계림은 경주에 있는 숲이다. 계림에 남아 있는 닭과 관련된 설화를 생각해 보면 오골계 울음소리와 계림의 연결은 자연스럽다. 계림여관은 다시 '신라의 달밤'으로 이어진다. 시적 상상력의 자연스러운 연쇄다. 시의 싹은 도넛가게에서 돋아났지만 시인은 자신의 개인적 공간에서 하춘화가 부르는 '낭랑 18세'를 들으며 시를 쓰고 있다. '낭랑 18세'가 이 시를 끌고 나가는 동력인 것이다. 송진의 시가 얼마나 리듬감을 타고 있는지는 이어지는 부분에서도 확인된다. "키 없이 들어갈 수 있는 세상은 없나요 키도 작은데 키를 보태니 너무 힘에 겨워요" 같은 언어유희를 통해 라임을 만들어 가다가, 장작 활활 타오르는 계림여관의 방 같은 따뜻한 이미지와 성탄절 아침의 함박눈 같은 차가운 이미지의 대비를 통해 앞에서 펼쳤던 이미지를 이어 간다. 이미지를 반복함으로써 리듬을 이어 가는 것이다. 이후에는 '펑펑'이라는 말을 여러 차례 반복하며 경쾌하고 흥겨운 리듬을 만들어내는데 이 부분에서 느껴지는 그루브감은 정말 굉장하다.

시의 뒷부분에서 시인은 고산 스님 일대기를 읽다

가 나온 석남사에서 표충사를 떠올리고 다시 겨울 내
원사를 떠올리고 눈이 내려 미끄러운 내원사 징검다
리를 건널 때 본 "얼음 아래 물고기 맑은 얼음 아래 물
고기 그 물고기"를 떠올린다. 이런 연상은 끝없이 이어
질 수도 있지만 그래서 "오늘은 이 시를 끝내고 싶지
않"지만 시인은 몽상의 세계에서 일상적 세계로 돌아
온다. 야간 수업을 가야 할 시간이기 때문이다.

송진의 시에 나타나는 꼬리에 꼬리를 무는 연상적
장치는 우리를 음악이 흐르는 어떤 장소로 안내한다.
송진이 만든, 연쇄적 이미지와 편을 통해 발생하는 리
듬은 몽환적이다. 그래서 시를 읽으면 몽롱해진다. 이
런 몽환적 분위기에 대한 반응은 두 가지 정도일 것이
다. '어지럽다' 아니면 '취한다'일 것이다. 전자에 가깝
다면 후자가 될 때까지 시집에 수록된 시들을 다시 읽
어야 한다. 시를 이해하려고 하지 말고 느껴야 한다.
송진의 시는 중독성이 강하다. 사이키델릭 음악처럼
일단 빠지게 되면 쉽게 빠져나오기 어렵다.


3
송진 시인은 익숙하지 않은 언어로 우리가 잘 알지
못하는 이상한 세계에 우리를 던져 놓고 가기도 한다.

때로는 낯설어서 가까이 다가가고 싶지 않을 수도 있는 그 이상한 세계는 대체 어떤 곳일까? 그것은 시인의 내면에서 단숨에 터져 나오는 세계가 아닐까. 그래서 때때로 말을 하는 자신조차 잘 알지 못하는 세계가 아닐까. 일상적 세계에 사는 일상적인 내가 다른 존재로 거듭나는 세계가 아닐까. 알 수 없는 기분에 취해 먼 훗날 다시 읽어 보면 자신도 알지 못할 만큼 깊고 아득한 심연이 아닐까.

녹은 녹이다
녹은 노을이다
녹은 새다
녹은 풀이다
녹은 닭이다

어디에도 녹은 속하지 않았다 혼자 구석에 앉아 허공을 바라보며 손을 휘젓기만 하던 녹은 가끔 강변에서 죽은 새를 건져 왔다
—「녹야」부분

인용한 시는 시집에 수록되지 않은 장시 「녹야」의 일부다. 어디에도 속하지 않는 녹은 과연 무엇일까. 노

을이고, 새이고, 풀이고 닭이기도 한 녹. 그는 혼자 구석에 앉아 손을 휘젓는다. 그는 가끔 강변에서 죽은 새를 건져 오기도 한다. 그는 보통 사람의 눈에는 보이지 않는 존재다. 하지만 그를 볼 수 있는 이가 없는 것은 아니다. 보이지 않는 존재를 보는 '나'의 목소리는 일상적인 세계에서 발화되는 목소리와는 다를 수밖에 없다. 그 목소리의 주인공은 누구일까? 목소리의 주인공은 기이한 존재인 녹이 사는 세계와 같은 기이한 곳에 위치하고 있다. 그곳은 우리가 사는 일상적 세계와 다른 곳이다. 평범한 사람은 보지 못하는 저 너머의 세계, 그런 곳이 있다. 그런 곳에서 우리에게 기이한 이야기를 전하는 이 목소리의 주인공이 시인과는 별개라고 생각할 수도 있지만, 그는 시인의 내부에 있는 '나'다. 이 내면적 목소리의 주인공을 보통은 타자라고 칭하지만 그는 결코 타자가 아니다. 그는 내면에 깊숙이 자리한 '내가 잘 알지 못하는 나'다. 그는 신성하기도 하고 속되기도 하고, 때로는 광기를 드러내기도 한다. 그는 이성과 감성 가운데 감성 쪽에 육체와 영혼 가운데 영혼 쪽에 더 가까이 붙어살고 있다. 그는 우리와 늘 함께 있지만, 우리는 그의 존재를 잘 느끼지 못한다. 때때로 그를 만나더라도 우리는 그를 빠르게 망각하고 만다.

예술은 광기에 사로잡혀 현실의 나를 망각하고, 나의 깊숙한 곳에 위치한, 나의 내면에 자리 잡은 나의 목소리를 끄집어내는 작업이다. 때로는 긴 퇴고와 수정의 과정을 거쳐, 시의 형태로 잡지나 시집에서 시인의 이름표와 함께 우리 앞에 펼쳐지는 것이기도 하겠지만, 그 목소리는 순간적으로 터져 나오는 것이다. 시는 순간적으로 터져 나오는 어떤 세계를 보여 주는 것이다. 송진의 시는 순간적으로 탄생한, 형용하기 어려운 어떤 내면적 세계를 우리에게 보여 준다. 그렇기 때문에 송진의 작품은 시보다 주술에 가깝다. 우리가 쉽게 접할 수 없는, 신들린 언어에 가깝다.

녹
그와 나는
합치면 물이 되는 사이

우리는 천생연분

어디든지 달려갈 수 있다

—「녹야」 부분


녹은 허공에 파리한 손길을 휘휘 저었다 손은 대파처럼

굵어졌다가 무처럼 굵어졌다가 탱자나무처럼 거칠어졌다
—「녹야」부분

　녹과 내가 합쳐지면 물이 된다. 이 에로스적인 결합의 결과, 녹은 내가 되고 나는 녹이 된다. 분리와 결합이 가능한 이 '천생연분'의 연금술적 주체는 정신분석학에서 말하는 이자적 관계를 떠오르게 한다. 우리는 '녹'이 잡아 온 물고기를 끓인다. 이때 녹의 손은 "대파처럼 굵어졌다가 무처럼 굵어졌다가 탱자나무처럼 거칠어"진다. 자유자재로 변화하는 이 무정형의 손은 나의 손이자 녹의 손이다. 녹과 나는 다른 목소리를 가진 다른 존재처럼 보이지만 녹과 나를 분리하는 것은 무의미하다. 녹과 나 사이에는 경계가 없기 때문이다. 장시 「녹야」는 이처럼 연금술적 상상력을 바탕으로 펼쳐진다.

　송진의 시는 시가 일종의 연금술이라는 것을 보여 준다. 사실 시는 언어의 연금술이다. 연금술은 신비주의적 경향을 띤다. 연금술을 좀 더 현실적인 방향으로 변형한 것이 화학이다. 학문으로서의 화학은 분석적이고 합리적이다. 화학은 신비주의적 색채가 결여되어 있다. 연금술에서 신비주의를 지워 버린 것이 화학인 셈이다. Art라는 말은 예술과 기술이라는 이중적 의미를 담고 있고, 이 이중적 의미가 여전히 유효하다고 생각하지만, 화학은 극히 기술적인 것이고 연금술은 예술적인 것이다. 연금술이 단순히 금을 만들려는 작업이라고 생각하는 것은 연금술을 오해하는 것이다. 연금술사들은 사물에 내재된 근원적 생명을 탐구했다. 연금술사의 작업은 극히 창조적인 상상력을 요한다. 만화영화 〈개구쟁이 스머프〉에 나오는 마법사 가가멜이 생각난다. 가가멜은 사실 연금술사의 작업을 요약적으로 보여 주는 인물이다. 그는 화학이 아닌 연금술의 진행 과정을 보여 준 예술가이자 흑주술사다.

조물주가 생명체를 만들어낸 것처럼 이질적인 질료들을 결합하여 신성하고 가치 있는 어떤 것을 만들어내려는 자들이 연금술사다. 그러나 오늘날 연금술사는 사라지고 화학자들만 남았다. 여전히 유효한 연금술의 영역이 예술이다. 예술가들이 창조하는 것은 실용적인 것이 아니다. 그들은 쓸데없는 것들을 창조한다. 심심한 조물주가 세계를 만들어낸 것처럼.

송진 시인은 이따금 자신만의 언어를 만든다. 시집을 읽어 보면 사전에 없는 낯선 조어造語들이 심심치 않게 나타난다. '수박거품요거트달팽이요리', '참외아이스크림원숭이골페퍼민트티'(「분자 요리」), '사슴동백요리나라'(「외국어 채널」), '아르스름하다', '데끼스

름하다', '보기스름하다', '알렉스럼하다', '포기스럼하
다'(「이쁜 나는」), '톱니바퀴 이빨 물고기 아기', '톱니
바퀴 이빨 아기 물고기'(「다종 어류」) 같은 말들이 그
예다. 아래의 시 「다종 어류」는 그런 조어를 만들려는
욕망, 언어의 연금술을 지향하는 욕망의 단초를 보여
준다.

오른쪽 어깨가 으깨어진 낱말의 어족들이 종의 기원
이라는 푯말을 목에 박고 유유히 헤엄쳐 다녔다 멀쩡
한 왼쪽 어깨 낱말의 어족들이 종의 기원이여 안녕이라
는 푯말을 불룩한 배에 박고 힘겹게 헤엄쳐 다녔다 파
도 속의 단어들이 튀어 올라 단단한 낱말 어족들의 이
빨이 서로 예민하게 부딪혔다 눈을 의심할 만한 엄청난
눈사태가 일어나 바다가 산이 된 것도 그즈음 일이었다
낱말의 어족들은 산신령이 된 듯 자유자재로 몸을 바
꾸어 산 위를 날아다녔다 시원한 높새바람도 하늬구름
도 다 그때 생긴 일이다 그다음 날에는 초록 물고기가
멀쩡한 초록 어깨를 연분홍빛 아가미에 끼워 물고 왔다
초록 물고기가 연초록 낱말을 절구에 찧어 시장에 내
다 판 것도 그즈음 일이다 그다음 날은 금빛 물고기가
썩은 지푸라기 부처를 물고 왔다 내장이 투명하게 비치
는 물고기들이 옴마니밧메홈 옴마니밧메홈 옴마니밧

메훔 지지배배 노래한 것도 그즈음의 일이다 오늘은 멀쩡한 왼쪽 어깨의 불룩한 배를 지그재그 가르고 배 속의 아기 물고기들이 태어났다 아기 물고기들은 톱니바퀴 이빨을 갖고 태어났다 사전적 의미의 방을 가진 어족 의사가 생래적인 일이라고 짧은 혀로 몽글거렸다 가장 늦게 산의 가장자리에 태어난 톱니바퀴 이빨 물고기 아기는 다른 톱니바퀴 이빨 아기 물고기의 낱말 속으로 스며들어 가 낱말이 각성한 뜻을 이룰 거라고 예민한 이빨의 물고기는 예언가처럼 말한다

—「다종 어류」부분

시인의 창조적 욕망에 의해 탄생한 연금술의 세계를 살펴보자. "낱말의 어족들은 산신령이 된 듯 자유자재로 몸을 바꾸어 산 위를 날아다"닌다. 그러다가 "파도 속의 단어들이 튀어 올라 단단한 낱말 어족들의 이빨이 서로 예민하게 부딪"히고 "눈을 의심할 만한 엄청난 눈사태가 일어나 바다가 산이 된"다.

신비롭고, 신성이 깃들어 있는 사물에 특정한 이름을 붙이는 것은 끔찍한 일이다. 사물들은 원래 이름이 없다. 이름이 없는 그들을 명명하는 것은 폭력이다. 언어는 폭력적이다. 그런 폭력적 언어를 공격하는 것이 시적 언어다. 시인은 언어가 탄생하는 일련의 과정

을 보여 주다가 마침내 '톱니바퀴 이빨 물고기 아기'와 '톱니바퀴 이빨 아기 물고기' 같은 기이한 이름을 지닌 대상을 만들어낸다. 처음 들어 보는 이 조어는 곰곰이 생각해 보면 참 재미있다. '톱니바퀴 이빨 물고기 아기'가 바로 '톱니바퀴 이빨 아기 물고기' 아닌가? 얼핏 보면 다른 것 같지만 자세히 보면 같은 대상에 붙은 이름이다. 이는 단순한 말놀이가 아니라 이름이 붙은 대상을 다시 무로 되돌리려는 시도다. 이런 해석이 가능하다면, 언어를 탐구하는 송진의 태도는 실로 놀라운 것이 아닌가.

자몽하다는 비몽사몽간이라는 뜻이래요 망고하다는 연 날릴 때 연실을 다 푸는 것을 뜻한대요 블랙아이스는 아스팔트에 검게 보이는 결빙이래요 결핍인지 결빙인지 세계의 언어는 늘 민트빛처럼 새록새록 아름다워요 별뉘는 틈 사이로 들어오는 작은 햇살이래요 국어사전을 찾아본 적은 없어요 맞으면 어떻고 틀리면 어때요 아름다운걸요 얼음다운걸요

　　　　　　　　　　　　　　—「시간의 기록자」부분

시의 어원은 poesis다. poesis는 무언가를 만드는 행위를 의미한다. 조물주가 세계를 창조한 것처럼 무

언가를 만드는 인간의 행위는 조물주의 창조행위를 닮은 제2의 창조다. 무언가를 만드는 존재는 만들어진 대상의 입장에서 보면 모두 조물주다. 조물주의 행위를 지시하는 언어가 poesis다. 그렇기 때문에 시인은 그가 만들어낸 시적 세계와는 다른 차원에 존재한다. 그러나 그 세계를 창조하는 동안 그는 그가 만들어낸 세계 속에 침잠한다. 그것이 창조가 아닌가? 시인은 그가 만든 마술적 세계에서 살아가는 신적인 존재다. 그리고 사물을 명명하는 행위는 신성한 행위다. 그러나 이 행위는 앞서 말한 폭력성과 불가분의 관계를 맺고 있다. 송진의 시는 그런 폭력성을 다시 공격한다. '자몽하다', '망고하다', '얼음다운' 같은 말을 등장시키며 우리의 언어감각을 일깨운다. 특히 '볕뉘'라는 단어는 조금 더 특별한 느낌을 준다. '볕의 그림자'를 일컫는 이 단어는 퍽 아름답게 느껴지지 않는가?

송진이 시도하는 이런 해체와 재구성의 과정은 연금술의 작동 방식과 닮았다. 이런 말들을 발화하는 주체는 시적 화자이겠지만 만들어낸 이는 시인 자신이다. 시인은 시적 화자에게 입을 빌려줄 뿐이다. 이 시를 읽다 보면 언어의 미적 감각을 고민하는 시인, 더 나아가 미적 문제, 시와 예술의 문제를 고민하는 시인의 모습이 떠오른다. 그러나 시인이 실제 그런 고민을 하고 있다고 자신 있게 말하기는 어려울 것 같다. "나오는 대로 썼다 나오는 대로 말했다 그래서 뭐 잘 못됐나?"라고 말하는 「소설小說」의 화자처럼 그의 시에 등장하는 시적 화자는 시인의 뇌리에서 흘러나오는 말을 받아 적는 자이기 때문이다. 그렇기 때문에 송진의 시를 읽으면서 우리는 초현실주의 문학의 주된 기법인 자동기술법을 떠올리게 되는 것이다. 이 시는 작시의 과정을 드러내는 메타시이면서 작시의 과정이 자동기술의 과정, 즉 내면에서 터져 나오는 언어를 받아 적는 과정임을 보여 준다. 억눌려 있던 내면적 언어를 여과 없이 발화하는 방식은 송진 시의 중요한 자기 표현 방법이다.

4

송진 시인은 그동안 행갈이가 있는 시보다 산문시를 더 많이 써 왔다. 이번 시집에 수록된 상당수의 작품들도 산문시다. 산문시는 사실 시의 가장 원초적 형태다. '왜 그런가?'라는 질문을 한다면 즉답을 피하고 싶다. 내면에서 터져 나오는 말은 행으로 잘라낼 수 없는 것이라는 것만 말해 두고 싶다. 산문시를 쓰는 나는 산문시를 쓰는 시인들에게 동료의식 같은 것을 느낀다. 편을 가르는 것은 좋지 않지만 산문시를 쓰는 시인들은 내 편으로 느껴진다. 송진 시인의 시도 행갈이가 있는 시보다 산문시가 훨씬 잘 읽힌다. 리듬감도 훨씬 더 잘 느껴진다.

채식하세요? 발톱 끝의 피를 짜던 그가 물었다 네 그러고는 대화가 끊어졌다 그는 꿇어앉아 피를 짜고 나는 누런 전기장판이 놓여 있는 병실 의자에 기역으로 걸터앉아 그에게 두 발을 맡기고 있다 그의 바늘은 손톱을 향해 다가온다 엄지 검지 차례차례 피를 짠다 그가 채식하세요 다시 묻지 않았지만 나는 그가 그 말을 계속 반복하는 것처럼 느껴졌다 서울에 가야 해서요 약이 더 필요해요 그는 언제 떠나는지 물었다 이번 일요일에 올 거예요 나는 돌아올 날짜를 말하는 중이었다 올갱잇국처럼 엇갈리는 시점이었으나 올갱잇국처럼 같은 시점이기도 했다 그가 손바닥에 침을 놓았다 위에 문제가 생긴 게 맞군요 이십 분 후 그에 의해 일회용 침이 제거되었다 아프면 아프다고 말하셔야 해요 그는 내 왼쪽 손바닥 생명선 두 갈래로 연하게 갈라진 꼬리 부분을 약솜으로 지그시 눌렀다 안 아팠어요 제가 누를게요 아⋯ 안 돼요⋯ 꼭 눌러야 지혈이 돼요 그는 오늘 딴사람 같다 우리는 늘 딴사람이 되곤 한다 곧 다가올 겨울

이 달 뜬 가을을 보여 주듯이

—「요한의원」전문

「요한의원」은 이번 시집에서 가장 인상적인 작품이
다. "채식하세요?"라는, 느닷없이 치고 들어오는 이 질
문이 시를 읽는 나를 사로잡는다. '내' 발톱 끝의 피를
짜던 그가 느닷없이 던지는 질문에 대한 대답은 간단
명료하다. "네"가 전부다. 그러고는 대화가 끊어진다.
피 뽑기는 발에서 손으로 옮아오고, 엄지와 검지 끝의
피를 차례로 짜내는 그는 아무 말을 하지 않지만 나
는 그가 "채식하세요?"라는 질문을 계속 반복하는 것
처럼 느낀다. 그는 마지막으로 손바닥에 침을 놓고는
"위에 문제가 생긴 게 맞"다는 진단을 내린다. 그러나
그런 진단보다, 서울에 가야 해서 약을 더 받아야 한
다는 화자의 말보다, '나'와 '그' 사이에서 발생하는 미
묘한 교감보다는, 그가 "채식하세요?"라는 질문을 계
속 반복하는 것처럼 느낀다는 화자의 말이 계속 떠오
른다. 그 이유는 무엇일까? 이 기이한 효과는 대체 무
엇일까?

　음악을 좋아하냐는 나의 질문에 대해 대답해 준 것
처럼, 언젠가 내가 느낀 이 기이한 느낌에 대해 물어보
고 싶다. 짜낸 피만 보고도 채식 여부를 아는 한의사

도 사실은 채식을 하는 것이었을까? 그는 그동안 여러 차례 '나'의 피를 뽑아 왔을 텐데, 왜 유난히 그날 "채식하세요?"라는 질문을 한 것일까? 어쩌면 그는 이미 마음속으로 여러 차례 '나'에게 그 질문을 하려고 했는지 모른다. 이것이 어쩌면 그가 "채식하세요?"라는 질문을 계속 반복하는 것처럼 생각되는 이유인지 모른다. 너무 지나친 상상인가? 이 지점에서 나는 「녹야」에서 읽었던 '녹'과 '나'의 기묘한 관계를 떠올려 본다. 내가 스스로 하겠다는데도 굳이 지혈을 해 주는 한의사는 오늘 딴사람 같다. 그가 오늘 딴사람처럼 느껴지는 것처럼, 우리도 늘 딴사람이 되곤 한다. 시집을 읽고 나면 시집을 읽기 전과는 딴사람이 되는 시. 하지만 우리로 하여금 그런 사실을 잘 느끼지 못하게 하는 그런 시, 송진 시인의 시가 앞으로도 그런 아름다운 시이기를 기대한다.

**방금 육체를 마친 얼굴처럼**

2022년 1월 21일 1판 1쇄 펴냄

지은이     송진

펴낸이     김성규

편집        김은경 김도현

디자인     김동선

펴낸곳     걷는사람

주소        서울 마포구 월드컵로16길 51 서교자이빌 304호

전화        02 323 2602

팩스        02 323 2603

등록        2016년 11월 18일 제25100-2016-000083호


ISBN  979-11-91262-95-7  04810

ISBN  979-11-89128-01-2  (세트)